當正義繞路走了

顧日凡 著

CONTENTS

楔子

所有孩子都悲傷，只有一些孩子能克服。

賭局

1.

步如嫣與媽媽在馬路旁的公車站等車，各式各樣的汽車川流不息，風馳電掣地呼嘯駛過，激盪揚起陣陣灰塵，混雜車子噴出的黑煙，空氣十分混濁，楊慧晴不停用檀香扇搧風。

「媽，你在這裡用檀香扇搧風簡直是煮鶴焚琴啊。」

「乖女兒，誰讓我在這裡呼吸汽車廢氣活受罪？為什麼不坐地鐵呢？」楊瞄她一眼。

「我上網查過，坐地鐵我們要走二十分鐘才到××醫院，坐公車直達門口，我作出最精明的選擇。」步專心望向前方。

「你的邏輯能力媲美男人耶。」

「三姨婆的身體一向健壯，沒啥毛病，為什麼要住醫院？」步對她的揶揄不以為然。

「我也不大清楚，昨天早上表姊打電話告訴我三姨婆前晚入了公立醫院的急診室，但是她說得不甚了了，我根本不知道什麼狀況。剛放下電話，三姨婆就來電，哭哭啼啼訴說她掉進了無間地獄，趕快去救她。」

「她住在普通病房嗎？」步回過頭看她。

「是的，剛好頭等病房沒有空下來的病床。不要再講啦，車子來了。」

兩人先後走上了雙層公共汽車，步如嫣剛想要溜到上層，卻聽到媽媽對著一個抱著愛嬌小男孩的年輕西洋男子打招呼：

「法蘭西斯您好啊，怎麼會在這裡碰見你？」

「是啊，我帶領小朋友到××醫院打預防流行感冒疫苗針。」

「這麼巧，我們也是去那裡。」

「俊俊，快點叫人。」

「楊阿姨，您好啊。」

「乖孩子。」

楊慧晴說著，坐到他身旁聊起天來。步如嫣無奈地嘆氣，只好另外找位置，發覺車尾裡頭才有空位，她安坐下來，看見對面坐著幾個小孩和一個臉上露出孩子天真神情的成年女子，年紀由六、七歲到十幾歲，有點鬼頭鬼腦放下電玩，眼睛骨碌碌跟同伴互相對望，接著用手語溝通，步如嫣也上過幾堂手語課，不過是初階程度，但是小孩快速地做手勢，拳來手往，捶掌打臂，不時發出噴氣呼嚕的聲音，看得步如嫣眼花撩亂，認不得他們對話的內容，覺得沒趣只有放棄，小孩們跟著一起爆笑，十分開懷，步如嫣沒再理會，轉移瀏覽車外的街景，小孩也停止做手語，繼續打電玩，過了不一會，法蘭西斯回頭對著孩子們柔聲說：

「小朋友，我們到了要下車囉，慢慢走，不要心急，小心跌倒受傷啊。」

「知道了，法蘭西斯叔叔。」孩子們笑著齊聲回答。

步如嫣嚇了一跳，瞪眼看著他們爭先恐後下車，一個高大的少年大聲叫道：

「你們剛才沒聽到法蘭西斯叔叔怎樣叮囑你們嗎？」

孩子們聽了乖乖地排隊下車，連那名成年女子也不例外，少年經過步如嫣身邊向她眨一眨眼促狹的說：

「再見咯。」

2.

步如嫣兩人看著孩子們蹦蹦跳跳跟著法蘭西斯抱著小男孩走遠，她挽著媽媽的臂彎信步，漫不經心問：

「這個法蘭西斯是什麼人？」

「怎麼你也會說起閒話？」步白了她一眼，楊接著說：

「他叫法蘭西斯．夏里遜，是我的同行，他在一間教會創辦的青少年中心做社工，是加拿大那邊派遣他過來工作，已經在香港做了好幾年。」

「怪不得他的廣東話說得那麼好，我還以為那個小男孩是他的兒子。他多大年紀？」

「三十左右吧，年齡是洋人的祕密。」

「啊。他真的不像一般三十多歲大叔，短金髮碧眼，長相俊俏，身高是外國男子的平均高度，約有一七八公分，以男子來說骨架較纖細，卻不缺肌肉，身上衣著的線條很柔和，整體給人一種溫文的感覺，嗓音輕柔，略為沙啞，五官和皮膚有著女性的細緻，唇上長著小鬍子及留著薄薄的落腮鬍，不像那些外國筋肉男，到了下午臉頰濃濃的鬍碴就跑了出來，形成一片陰影，討厭死啦。」

楊慧晴鬆開步如嫣的手，走開幾步刻意端詳她。

「怎麼啦？」

「真了不起，只不過見了幾分鐘就收集這麼多情報，外貌特徵、身高體重一目了然，還作出個人的評價。」

「我的觀察力強。」

「我看不是呢，是你對他有興趣，起了色心吧。」

「媽，你好討厭耶。」

步如嫣嘸著嘴巴逕自跑向醫院大門，楊慧晴含笑跟著她，看著她中途蹲下來安慰一個哭著臉找媽媽的小女孩，小女孩長髮及腰，衣服有點邋遢，磨蹭了片刻，步抱起她送到醫院的服務處。

兩人到達普通病房（健保病房），那是一個大房間放了許多張病床，她們在門口被當值的工作人員攔下詢問她們探望誰，然後告訴她們病床號碼，又告誡她們不要用手機，以免干擾電子儀器的運作。她們找到三姨婆，她身上插了各式各樣的管子和路線，那種架式好像一個千手觀音持著法器，低眉斂首打盹，楊慧晴推了她一下低聲說：

「三姨，我們來探望你。」

「啊，是你們，我還以為是那些人。」她張開眼睛鬆一口氣。

「什麼那些人？」一步好奇問。

「三姨，你生了什麼病？嚴不嚴重？」

「我也不知道，我只不過在家裡昏倒吧。那些醫護面無表情的說我高血壓、高血糖，愛理不理不給我解釋，我進院時工作人員當我是一件貨物，給我一個床位和病人衣服就掉下我不管，當時阿囡已經走了，沒有人幫忙換衣服，我掙扎了半天才穿好，後來大便急了十分狼狽，又找不到人，只好大聲呼叫，他們到來時責備我大聲叫嚷會騷擾其他病人，但是他們晚上不關掉全部的燈我也受騷擾睡不著，休息時在安全門後面八卦聊天，講同事的是非也很大聲擾人嘛。」

「後來你怎樣解決？」

「我對他們說我要上廁所，他們一口拒絕說我會隨時缺氧昏倒，我說我會大聲喊救命，他們厲聲說不能冒險，總之就是不許我上廁所，只叫我安靜等一會，他們毫無南丁格爾的精神，之後她們給我一個圍兜兜，放下就走了，又不教我怎樣使用，我只好拉上簾幕圍著自己搞定，但是床鋪、地上和管子路線都是屎尿，臭氣熏天，自己也過意不去，他們看了不發一言十分有效率地清理，換過新的，折騰了半晚才入睡。午夜夢醒，怎料看見床邊睡了一個面青唇白、掉光頭髮、皮包骨如白骨精的老鬼，還以為走進冥府，嚇得我驚慌大叫，又惹來那些酷吏連番指責，原來病床不夠，他們沒有通知我便一聲不響搬來了帆布床和病人放在我旁邊，他們就能隨心做任何事情，卻經常口氣強硬禁止我做這做那，當我是囚犯，他們是醫人不醫心。」

「那真夠恐怖耶。」楊體貼地附和。

「不，還有更嚇人的事情。」

「什麼事情？」步揚一揚眉。

「昨天和今天早上我在假寢，總覺得有人盯看我，睜眼看有幾個人專心看著我，被發現後卻面無表情，若無其事離去，他們走了有兩個人悄悄走過來偷窺我，之後又有幾個人在我床尾逗留觀察，我還發覺他們偷偷拍照，我最氣他們拍下我病得半死不活醜怪的模樣，怒目斥責他們，他們也不駁嘴默默地立即離去。」三姨婆仍怒氣沖沖。

「就是你剛才說『那些人』？」步跟她確認。

「是啊，就是他們。」

「怎樣的人？」

「男女老少都有。」

「他們是否醫生或工作人員？」

「不是啦，醫生穿白袍，肩膀上掛著聽筒，護士穿著素淨的衣裳，工作人員也有制服嘛，他們的著裝是普通人。」

「會不會是義工？」

「義工會在胸口配帶名牌，他們都沒有。」

「你認不認得那些人？」

「不認得啦，他們都戴上了口罩，有些還戴太陽眼鏡、鴨舌帽，好像害怕別人認得他們的模樣。」

三姨婆到處張望，指著病房出口處幾個站在一張病床前面的男女說：

「他們就在那裡。」

步如嫣連忙邁步過去，床上那個病懨懨的老伯一臉錯愕看著他們，不知所措。

「你們幹嘛？」步疾言厲色。

「我們來探病，關你什麼事？」一個男人粗魯地嗆回去。

「老伯，你是否認識他們？」

老人家猛地搖頭，還頻頻打手勢趕他們走。

「我們走錯了病床。你又是誰？你好多事。」一個猶帶鄉音的大媽不服氣問。

「我是警察。」

他們吃了一驚，有人暗暗地從出口溜走，那個男人和大媽藉故一邊發牢騷一邊走出病房。

「阿姐，你真的是警察嗎？」旁邊病床一名老婆婆瞪眼看她。

「要不要看我的證件？」

「你漂亮斯文大方，英姿颯颯，正氣逼人，值得人相信。」

「你見過剛才那些人嗎？」

「今天以前沒有。不過在探病時間我見過好幾批陌生人在不同病床徘徊。」

「在那些病床？」

「多數是老人家，也有中年及少年病人。」

「中少年病人？」

「都是患了癌病絕症，或者意外重傷的病人。」

「他們逗留了多久？」

「也沒逗留多久啦，只看了一、二分鐘吧。」

「你旁邊的病床清空了，那個病人是否你所說那一類病人？」

「正是，他是個老頭。我告訴你一件奇怪的事情。」

「昨晚午夜睡醒，看見有兩個黑影向我招手，我朦朦朧朧下床跟著他們，怎料被床靠絆倒，抬頭一看轉眼就不見了，我上床再睡混沌之間看見那兩個黑影穿牆而過，今天早上旁邊那個老頭就仙遊了。」

「啊。那個老伯伯未去世之前有沒有人探望他？」

「之前確實有不同形形色色的陌生人來看他，但是久病床前無孝子，那個老鬼已經沒有知覺昏迷了兩個星期，也沒有多少人看他，就算來了只看他一兩眼就走，反而昨天他的親戚來了許多。」

「你怎知道是他的親戚？」

「他們都很眼熟嘛。」

「謝謝你。」

步如嫣開步要走，老婆婆歪著頭叫她。

「還有一件事。」

「什麼事？」

「護士打包屍體讓仵工搬走屍體，有一個猥瑣的男人偷偷走過來，鬼鬼祟祟拍下空置的病床，還特地拍下病床號碼，再開啟手機，看著螢幕，很開心的樣子。他以為我不知道，其實我單著眼監視他。」

「那個男人是否探病訪客？」

「不是，他穿著員工制服。」

「你真是一級棒的偵探，你收集的情報非常有用。」

老婆婆咧嘴開心地笑。

步如嫣在病房到處巡查，發現一個穿工人制服的男人偷偷拿出手機對著一張空置的病床拍照，步如嫣也顧不了醫院的禁例，用手機拍下那個工人的容貌和行動。

步如嫣回到三姨婆的病床，楊慧晴轉過身說：

「私家三等病房剛好有一張空床，我已經辦好手續，等會他們就會移送三姨婆到那裡去。你在那邊查到些什麼？」

「也沒什麼發現啦，只不過到處走走看一下醫院的情況。」步如嫣捅一捅楊慧晴的腰身。

「我們不要妨礙三姨婆休息了。三姨，我們先走了，改天來探你。」楊順勢配合。

「謝謝你們，將我從無間地獄拯救回到天堂。」

她們步出病房，楊慧晴問：

「發生了什麼事情？」

「我聞到犯罪的氣息。」

兩人走向醫院行政室，邊走邊說。

3.

步如嫣送走了媽媽後再回到醫院外面的花園，看見剛才在病房勾留那幾名男女在大樹下無所事事地抽菸聊天，不遠處的涼亭那幾個在公車相遇的小孩玩手機，她走到涼亭對他們嘻笑說：

「嗨，你們好，壞孩子。」

「不是我們壞，是你笨，看不出我們自創的手語。」少年十分神氣，其他小孩跟著哈哈大笑。

「你叫什麼名字。」

「他是大雄哥，我叫小英，但是他們叫我做大食英。」那名大女生搶著回答。

「她愛吃東西，胖得像條豬。我是Aimane阿文。阿姨，你叫什麼名字？」

一個大約六、七歲南亞小孩抬頭看她，步蹲下對著他。

「我叫步如嫣。」

「你的名字好像電玩武俠遊戲的角色名字——步煙飛。」小孩開心笑。

「我一點也不胖，法蘭西斯叔叔說我可愛，不過他說我要多吃點蔬菜均衡營養。」小英睜圓眼睛，神情認真。

「明白了，小英是可愛，不是胖。你們叫什麼名字？多大年紀？」步如嫣轉身對著二個十六、七歲的少女。

「我叫麗明，再過兩個月就滿十六歲，她小我一些。」女孩沉著淺笑。

「我叫秋羽。」另一個女孩悶悶不樂。

「怎麼不見法蘭西斯叔叔？」

「他帶俊俊看醫生，叫我看著他們。」

「俊俊發生什麼事？」

「法蘭西斯叔叔說俊俊這兩天一直發熱不退。」

「她媽媽呢？」

「不知道。」

步如嫣看見剛才在病房拍照的男工人走近樹下那群男女，眾人立刻圍攏在一起，掏出手機跟互相比劃對盤。

「我們玩一個遊戲比賽好不好？」

「什麼比賽？」

「是攝影比賽，我們以那一棵大樹做主題，那些大人做背景，誰贏了我請吃冰淇淋。」

「好哇。」孩子們即時起鬨。

「但是不要說話打擾大人啊，限時五分鐘。」

「知道了。」大家齊聲回答。

他們一窩蜂跑到那大樹前，根據步如嫣的要求拍照片，不久又跑回來，步如嫣叫他們將照片傳送給她讓她評審。

「你們都拍得很好，大家都有獎，我請客吃冰淇淋，等會我去餐廳找你們。」步滿意地從皮夾取出一百元。

「謝謝你，步姊姊。」

小孩一溜煙就走了，步如嫣打了一通電話，看著醫院門口，等了一會走向那一群男女大聲說：

「不要動，我是警察，我懷疑你們在公共地方非法聚賭。」

那名醫院男工人聽了立即逃跑，混亂中有人把手機擲入矮樹叢逃跑，走了幾步被埋伏在旁的保全擒獲，其他人四散也被保全重重包圍，其中一個中年女子叫道：

「長官，不要拉我，我的女兒不見了。」

「活該，誰叫你這樣爛賭。」一名保全粗聲粗氣責難她。

一會兒警察來收拾殘局，那個遺失了女兒的中年婦人仍在驚慌大叫要報警。

「步督察，好厲害啊，你怎樣識破他們公開賭博？」一名穿戴合宜的中年女子擊掌。

「陳副總監過獎了，事情是這樣的，我的三姨婆前天入急診室看病，住進了醫院，這兩天來不斷有素不相識的陌生人在她的床前徘徊，還暗地裡拍下她萎靡不振的照片，我來到時他們正在研究一個老病人的病況，我去查問那名老病人，他一臉驚慌說不認識他們，所以他們並不是探病，他們沒穿制服不是醫院的工作人員，沒配帶名牌工作證不是義工，他們是一群市井之徒在醫院裡不斷觀察病人的病情，拍下他們病入膏肓的照片，一定是為了某種目的，接著一個老婆婆告訴我她旁邊病床的老人家病逝，有一個醫院員工竟然拍下空置的病床和床號，沾沾自喜，那樣是很反常的表現。」

「醫院發生這種事情竟然沒有人察覺啊。」

「醫護人員工作繁重嘛，況且他們也沒有騷擾病人。我跟你報告後，到處搜索他們的蹤影，發覺他們在醫院外面的花園遊手好閒，我斷定他們收到訊息在那裡集合，後來那名男工人跟他們會合，拿出手機比對，還看見他們掏出錢包，於是叫小孩們拍下照片，那是他們交易的照片，證據在他們的手機裡，那名男工人是走內線收集資訊的召集人，說不定他也是賭局的主持人，他負責告訴賭徒目標病人的名字，幫助他們瞞騙當值人員順利進入病房，他亦會供給目標病人的病情資料，讓賭徒觀察病人，按照自己的推測下注，那個男員工拍下空置的病床就是賭局的結果，決定輸贏。」

「那麼他們賭博些什麼？」

「我問過你另外有一張病床空出來，那個病人情況怎樣？你說中年病者因癌症昨天去世，那個男工人就是拍下那兩名逝世病人的空置床位。」

「哪有什麼關聯？」

「癌症和瀕死病人會隨時死亡。」

「我還是想不通。」

「那是一個荒誕賭局，他們在賭博那些癌症和瀕死病人的死亡時間，猜得最接近的賭徒勝出。」

「哎呀，真是作孽。」

4.

步如嫣來到餐廳，發現法蘭西斯和小孩圍著一張空空如也的圓桌聊天。

「你們沒有吃冰淇淋嗎？」

「法蘭西斯叔叔說小孩子不要隨便接受陌生人的糖果。」小英滿臉不高興。

「對不起，我不知道你是楊姑娘的妹妹，我聽到有不知名的陌生人請他們吃東西，害怕他們上當，被變童癖盯上。」

「不要緊。那麼誰想去買冰淇淋啊？」

「我想吃薄餅，又想吃冰淇淋。」

「小英，小孩子不可以貪心啊，只可以二選一。」

「知道啦。」小英嘟囔著嘴巴。

「我很喜歡吃鳳梨薄餅，但是我吃了薄餅後就很想睡，不能玩飛飛。」

「我想吃芒果冰淇淋。」

「我也要吃綠茶冰淇淋。」

小孩們七嘴八舌討論，鬧哄哄地走了，只留下大雄和俊俊。

「大雄哥，我要玩飛飛。」

「法蘭西斯叔叔，俊俊生病，可以玩飛飛嗎？」
「你不要太大動作就可以。」
「來吧，俊俊。」
大雄伸出兩隻手，拍了兩下，俊俊跑過去，大雄捉緊他的腰部，俊俊身體作水平狀，雙腳合攏垂下，俊俊喜孜孜。
「我在學日本滑雪鳥人飛飛啊。大雄哥哥，快放下我，我要玩飛高高。」
大雄放他下來，俊俊跑開幾步再衝向大雄，大雄看準他的來勢捉住他的胳肢窩，握緊他兩邊的胳肢窩抬起他成水平狀，將俊俊用力左右搖擺向前走，俊俊格格大笑。
「俊俊生了什麼病？」
「經常感冒和流鼻水，發低溫熱不退。」
「醫生沒說什麼原因嗎？發低溫熱不退可能是發炎。」
「我不知道，他媽媽說已經帶俊俊看病。」
「我很奇怪為什麼是你帶著那幾個小朋友來打流感疫苗？」
「我是青少年中心的社工。」
「但不是他們的監護人。」
「他們家庭背景很複雜。」
「嗨，我們回來了。」

「法蘭西斯叔叔，這個是你最愛的香草冰淇淋。」
「謝謝你，阿文。」
「步姊姊，我選了一個巧克力冰淇淋給你，任何人都喜歡巧克力。」
「你真的很細心，善解人意。」步如嫣謝過麗明。
「對不起。」法蘭西斯一臉歉意。
「沒關係，是我媽媽長得年輕。等會你們到那裡？」
「我送他們回青少中心，下午要練習明天到法庭作證的證詞。」
「為啥？」
「你媽媽說你是警察。」
「我也只是一個穿上制服的普通市民。」
「占領中環雨傘運動後，一名十四歲女孩在政府總部的『連儂牆』用粉筆塗鴉了幾朵花，突如其來被十數個重案組警察團團包圍拘捕，帶到警局被關了十七小時，之後被控涉嫌干犯刑事毀壞罪，明天開庭，她時常到青少年中心流連，我跟她也有接觸，對她的情況比較了解，為她作證。」
「啊。明天請你告訴我判決的結果？」
「好的，你的電話幾號？」
他們用過餐後離去，孩子走在前，法蘭西斯仍然抱著俊俊和步如嫣走在後面，法蘭西斯忽然停下來向左面的步道注視，步跟隨他的視線望過去，看見一名戴口罩、穿黑色洋裝長褲，手挽翠綠包包的直髮到肩女子，低著頭，急步走下小坡道到另一邊的診療室，步問：
「你認識那個黑衣女子？」
「不曉得。」
步看他滿臉疑惑，也不好作聲。
眾人在醫院門口道別，步目送他們離去，慢步走出醫院大門，後面傳來了吆喝聲：
「騙子，你別走。」
步如嫣連忙回頭看，一個高大粗魯的男人怒氣沖沖跑過來，出手叉向步的頸項，他來勢洶洶，步如嫣急忙向右側閃避，左手抓住他的手腕，右手抓住他的右胳肢窩，轉體接著快速翻身使出一個漂亮的背負投，以矮勝高，大漢翻倒，她跟著動作純熟將他的左手反扣在背後抽緊，大漢喝聲叫道：
「不要亂來，我是警察。」

騙子

1.

在醫院的行政室裡，茶水大媽奉上香茗離去。

「兩位請喝茶。大家都是正義的朋友，不打不相識。這位警察先生，請問貴姓？」

「小姓胡。」

「胡先生，你怎會錯認步小姐是騙子呢？」

「我回來尋找遺失的手機，聽到有一個女人叫喊女兒不見了，我曾經看過步小姐逗笑一個哭哭啼啼的小女孩，接著鬼鬼祟祟抱走她，誤會她是騙子，你們也知道現在有很多大陸騙子在香港誘拐小孩賣到大陸去，我怕小女孩被拐走了，情急之下沒有向步小姐問清楚就出手。」

「你也是見義勇為，沒有考量其他狀況吧。你在那裡遺失了手機？」

「我想在醫院門口附近。」

「什麼時間？」

「不到半小時前。」

「當時醫院門口發生了聚賭案件，那些賭徒將手機扔棄在樹叢裡，你的手機可能也被沒收帶回警局去。」

「哎呀！」

步如嫣看著他面露緊張之色。

「這裡是屬於××警局管轄，你到那裡就能領回手機。」

「這個我知道，我那邊也有相熟的同事。我還是先走取回手機，沒有手機就好像沒有眼睛耳朵一樣。」胡先生調整呼吸，鎮定自己。

「胡先生，請留下你的電話號碼，好讓我們告訴你失蹤的小女孩的下落。」

「唔，不用了，我看手機新聞便知道。」胡先生猶豫了半晌。

「你是做了好事不讓人知的好人啊。」

「你講得我太好了，再見，兩位。」胡急著離去。

步如嫣接著也告辭，她今天上大夜班，她先到附近的戲院看了一場電影，自從大陸開放後，香港電影人一窩蜂跑到內地拍攝一些迎合大陸市場的影片，導致香港影業迅速凋零，好容易才有一齣港產片放映，吃過晚餐再逛一會街，看見一個熟悉的身影出神地看著售賣樂器的店鋪櫥窗。

「嗨，麗明。」

「步姊姊，是你啊。」

「你喜歡那一種樂器？」

麗明想了一下回答：

「我喜歡鋼琴，它的音域廣闊，音色美妙，可以獨奏和合奏，變化多端，最適合用來伴舞。可惜法蘭西斯叔叔的青少年中心沒有鋼琴呢。」

「你喜歡音樂？」

「不是啦。」麗明有點害羞。

「啊。這麼晚了，還不回家？」

「是嗎？還沒有到時間呢，我要走啦。」麗明顧左而言他，匆匆跑開。

步如嫣撇了一下嘴角，搭乘港鐵回警局，查看手機失蹤小女孩的新聞，最後消息是在旺角街頭找到她，報導說懷疑一名大陸小三因妒成恨拐走了她，還秀出了她被遮面的照片，步如嫣認出那條裙子，正是她今天早上遇見哭著臉要找媽媽的小女孩。

步回到警局，白揚對她報告。

「步督察，你回來真好，阿頭派我們去查一單女童被拐走的案件。」

「是不是在××醫院遺失那一個女孩？」

「你怎知道？」

「我也間接捲入其中。」

步約略描述經過，隨口問：

「那個姓胡的同事有沒有來取回他的手機？」

「什麼同事？」

「他說他是警察。」

「他沒有表露他是警察，值日官說他冒冒失失走進來，像隻無頭蒼蠅到處亂碰亂撞才找到報案室，結結巴巴說要報案在××醫院遺失了手機，可能被警方找到了充公，誤當為一件非法聚賭案件的證物。」

「後來怎樣？」

「我們看過他的手機，裡頭並沒有非法聚賭的證據，卻有他的個人資料，就交還給他。」

「你怎知道沒有非法聚賭的證據？」

「我們聽到風聲，那一單是賭博病人死期的案件，他的手機並沒有拍下病人的照片，也沒有其他賭鬼的手機號碼，故此判斷他不是其中一個賭徒。不過，其中一張是一個女子背著鏡頭，抱著那個哭哭啼啼被拐走的小女孩。」

「那一個女子就是我。」

「哈哈哈，怪不得那個姓胡的誤認你是騙子。」

「不要亂說笑。現在那個女孩怎樣？」

「那個小女孩於你上班前，在旺角街頭被警察找回，送到這裡來，後來被她那個非法聚賭的爛賭媽媽領回去。」

「嗯。白揚，要是你遇到對手用過肩摔要將你摔倒，你如何化解？」

「學堂也有教過嘛，你竟然如此健忘。方法有兩種，第一是用擋的方法，左手握住他背部腰帶的位置，自己做順時針方向旋轉，順勢把手抽回；二是反摔法，借力使力，你的右手被他抓住，他要摔你時，你的右腳卡住他的右腳向前跨出，讓他落空，在此瞬間左腳插入他身體前面，做個基本的左手伏腰動作，反摔的機會就增加了。」

「你解釋得很清楚。走吧，我們去偵訊那個爛賭婆。」

「你說變就變，令人捉摸不定。」

「你嘮嘮叨叨，整天碎碎念，老人院也不收留你。」

「步督察，你很可惡，過橋抽板。」

步對他笑了一下就走，白不甘心地追著她。

街上路人如鯽，行色匆忙，他們來到一棟六層高的舊公寓，沒有電梯，樓梯只有暗淡的照明，兩人摸黑上到天臺，上面搭建了幾間鐵皮屋，他們找對了屋子，發覺沒有門鈴，白揚大力在鐵閘門拍了幾下，等了一會沒有人應門，裡頭隱隱傳出音樂聲，柔柔靡靡，白揚側耳傾聽，蠻熟悉的，這時音樂兀然而止，木門打開，一個中年女人怒氣沖沖隔著鐵閘門叫喊：

「你們是誰，來幹嘛？」

「我們是警察，來找麥好。」

「我說過我沒有賭博，只是跟朋友聊天，是你們拉錯人，怎麼你們像跟屁蟲老是纏著我不放？」

「麥女士，你有沒有賭博由法官來決定，警方只是執法。我們來了解你女兒被拐走的案件。」

「有什麼好了解，都是你們警察辦事不力，沒能力保護市民。」
「是你爛賭，沒有看緊你的女兒，才讓她到處單獨遊蕩，被賊人有機可乘拐走。」
麥好凶巴巴看了白揚一眼，撂下狠話：
「你們政府沒有幫過我，我為什麼要幫你們？」
麥好忿忿不平，用力把木門呯的一聲關上。
「事情搞砸了。」
「都是你嘴賤，哪壺不提提哪壺。」
白揚正想再敲門之際，有人打開木門，再推開鐵閘門，步如嫣瞥見裡面的光景，到處都是傢俱衣服雜物、一盒盒商品，堆得十分凌亂，不過客廳清空了一角，掛了一幅到頂的白色簾幕，兩盞打光燈照得明亮，一台電腦和許多纏繞不清的電線。
「步姊姊，我聽到你的聲音。」
「是你啊，秋羽妹妹。」
秋羽挽起了烏黑的頭髮，露出雪白的後頸，臉蛋緋紅，穿著一件粉紅色小背心汗衫，外罩乳白輕紗外套，發育了的身體若隱若現，超短的白裙子，天真無邪的神情略帶憂鬱無奈，楚楚可憐，散發一股介乎於少女與女人的誘惑。
「你化了妝，你媽媽沒有罵你嗎？」
秋羽愁怨地笑了一下。

「正因為我偷了媽媽的化妝品學大人化妝，媽媽才發飆罵我，恰巧你們來到，她把脾氣也發洩在你們身上。是啊，你們不是要問我妹妹被拐走的事情嗎？」

她巧妙地帶上身後的木門，帶他們到天台另一邊。

「我們推測你妹妹在醫院被拐走，但是不知道後續的事情，想誘導你的妹妹說出來。嗯，你妹妹叫什麼名字？」

「她叫小恩，媽媽一定不會答應你們查問她。不過，我問過妹妹事情的經過，她說媽媽要便便，吩咐她坐在醫院外面的花園等候，不久有一個叔叔拿了一支冰淇淋給她，她吃得起勁，那叔叔還問她要不要去看櫻桃小丸子，她滿心歡喜答應，他抱著她去搭車，下車後經過許多人的地方，到了一處放著很多玩具的房間，小恩說牆上除了小丸子外，還有阿拉蕾、可美的卡通人物，她很高興玩了一會，接著一個大姊姊走過來說她的嘴巴很骯髒要清潔，叫她張大嘴巴用小棒棒清潔裡面，不久那個叔叔帶著她離開，說要買糖果給她吃，放她在一棟大廈的樓梯，她等了一會不見他回來，覺得害怕，放聲大哭，一個經過的大姊姊看見安慰她，後來警察叔叔帶她到警察局。」

「那個男人年紀多大？坐什麼車子？房間在那裡？」

「我沒有問得那麼仔細，小恩只有四歲，根本不能分辨年紀，理解什麼樣的車子和房間在那裡。」

「你的家很煩惱啊？」步如嫣突然問。

「你們去問法蘭西斯叔叔吧。」

秋羽無奈地低頭看著地下，步如嫣看著她泫然欲泣的樣子。

「我們先走了，你想起什麼事情打手機給我。」

步傳給她電話號碼，正要和白揚邁步離去，背後聽到麥好吆喝說：

「死丫頭，跟那些討厭鬼拉拉扯扯做什麼？還不回來工作，人家等著你。」

步回頭看，秋羽雙掌合十，抬頭對著皎潔的月亮呢喃，眼裡泛著淚光。

2.

步如嫣傳即時通訊給法蘭西斯，不一會法蘭西斯回覆她明天完成法庭作證後，下午五點在青少年中心見面。

「這個法蘭西斯是什麼人？他跟案件有關嗎？」

「他是證人。」

「為啥？」

「麥好拒絕跟警方合作，我們根本無從偵訊誰是嫌疑犯及作案動機，剛才秋羽叫我們問法蘭西斯，他一定知道麥好家的兩三事情，我要偵訊他尋找線索。還有根據秋羽的證詞，那個拐走小恩的男人行為很古怪。」

「有什麼古怪？」

「要是人販子，他為什麼拐走小恩又將她棄置在街頭？」

「他不是主謀，只是個嘍囉，還是個膽小鬼，思前想後，嚇慌了，丟下她做逃兵。」

「等會你去調查那個姓胡的是否警察？」步如嫣想了一下說。
「他叫什麼名字？」
「去問報案室的同事啦。」
「你懷疑他？」
「我在思考各種可能。」
第二天下午步如嫣提早半小時去到青少年中心，向接待員道明來意，接待員告訴她沿著走廊向前到會客室等候，經過兒童玩具遊樂室，裡面是色彩的世界，地下鋪了印上有趣圖案的膠板，牆上掛滿五顏六色的畫作，還有許多各式各樣的玩具，只有一個特別的小朋友獨自玩樂。
「阿文，其他人都走了，你還不回家？」
「我在等媽媽來接我。」南亞小朋友笑著回答。
頃刻，一名老婦氣吁吁細步跑進來。
「阿文，我們回家了。」
「媽，你來晚了。」阿文撒嬌嗔怨。
「對不起，在街市跟人聊得起勁忘了時間，但是我買了食材今晚燒尼泊爾家鄉菜，果仁醬燒雞腿配焗馬鈴薯，好不好？」
「好極了。再見，步姊姊。」阿文歡天喜地握著老婦的手。
步看著奇怪兩人組親密離去，經過舞蹈室看見麗明忘我地跟隨音樂，反覆練習踮腳、抬腿、伸腿的芭蕾舞基本步，轉了一圈，躍起在空中飛舞，輕巧穩當落地，周而復始。

步在會客室等了一陣子，看著法蘭西斯玉樹臨風踏進來，他穿著一套深藍色西裝、白襯衫，結了一條同色點綴著細小淺黃色腰果花紋的領帶，雖然不是名貴貨色，卻突顯他修長、沒有贅肉的身型，步站起伸出手，兩人握手，步發覺他的手纖巧、柔滑細膩，手勁不大。

「你為那個聲援『雨傘運動』，在『連儂牆』用粉彩筆畫花朵的少女作證怎樣？」

「我為她的父親身體狀況和保全職業作證，證明他有時會耳背，身體有些行動不便，但是有正當職業，過往盡心盡力照顧女孩，以後也有能力繼續保護她。」

「檢控官是針對少女的父親無力照顧為由，要向法庭申請兒童保護令。」

「兒童保護令是針對一些受到襲擊、虐待、忽略、性侵犯或健康、成長或福利受損害的兒童及少年發出，保障他們不會受到進一步的傷害。」

「法官怎樣判決？」

「最後判決少女入少年感化院三星期。」

「那真是出人意表。」

「辯方律師也認為用粉筆在公共地方的牆壁塗鴉並不造成毀壞，只能告行為不檢。我無意對人對事作出評論或揣測動機，只想將雙方的行為，執法和司法的處理手法，平實地公諸於世，為香港留下一小片記錄。不過，歷史是由勝利者編寫演繹，真相往往會被湮滅，抑遏世人就範，矇騙後人。」

「大陸有許多九十後的新鮮人根本不知道上世紀八十年代末那一場屠城，有經歷過當年事件的本地人說『還記著那種事情幹嘛？』」步望著他深邃的藍眼睛。
「是啊，你不是想知道麥好家的事情嗎？」法蘭西斯回過神問。
「我們在偵查一單詐騙案，那個被拐走的小女孩恰巧是秋羽的妹妹小恩，她媽媽拒絕偵訊，我們問過秋羽，她欲言又止叫我們問你。」
「秋羽總是多愁善感。你們想知道些什麼？」
「麥好的家庭背景。」
「麥好的老公是來往深圳香港兩地的運輸司機，早年在大陸娶妻生下秋羽，幾年後以家庭團聚移民申請兩母女來港，是每日一百五十人那種配額。」
「這個移民政策已經實施十幾年，大陸單方面批核人士到來，本地政府無權過問，市民也只能默默接受。九十年代有一個大陸人在入境事務大樓滋事縱火，燒死一名職員，該名被判誤殺的犯人在香港服刑後被遣返大陸，最近也是經過這種途徑移民來此定居。」
「啊，是這樣嗎。回頭說麥好家的狀況，他們經濟困難，已經申請租住公共房屋，但是輪候期要等五年，現在只能租住劏房，後來麥好的老公摔斷了腿，不能做司機，只做零工，便搬到現在的天台違建屋居住，之後據說兩人離了婚，麥好以單親家庭申請公共援助金，獲得較多金額，只要省吃省用，安貧樂道，一家也能勉強過日，可是男的愛嫖，女的愛賭，秋羽說兩人每個月都為爭奪公共援助金大吵大鬧，令到家貧如洗，這就是秋羽欲語還休的原因。」
「他們已經離婚，為什麼還會爭奪公共援助金？」

「那是他們的家事。」

「那麼麥好的老公有沒有包小三？」

「你的問題也夠直接。他其貌不揚，是個老粗又瘸腿，阮囊羞澀，那有女人肯跟他。」

「但是我看見他家有打光燈、電腦高科技裝置。」

「麥好說做網購生意。」

「他們賣些什麼？」

「那就不清楚咯。」

「問得也差不多了，我要回警局。」

「我也下班了，一起走吧。」

兩人經過練舞室，看見麗明坐在地上休息，法蘭西斯推開門問：

「麗明，要不要跟我吃晚餐？」

「謝謝，媽媽特地約了我吃晚餐。」

「那我先走，晚上一個人回去，路上要小心啊。」

「知道了，你每次都這樣說。」

兩人在熙來攘往的行人專用區前往港鐵車站，步走在前，法蘭西斯貼近她背後，法蘭西斯在她的頭上微微呵氣，步想著自己的身高是一六八公分，法蘭西斯大約是一七八公分，剛好到他的臉頰，要是穿上七點五公分的高跟鞋就可以跟他面對面。

來到港鐵車站，兩人在月台等了一會，列車很快到達，車廂人很多，行李箱更多，大多數人都低頭滑手機，只有強國人在相對的坐位上拉大嗓門說話，步和法蘭西斯抓住扶手柱子，放下背包面對面站立，車廂太吵兩人沒有說話，到站時，一大堆乘客湧進來，將步如嫣突然推向法蘭西斯靠攏，法蘭西斯也無處可避，身體不由自主擠在一起，兩人就在狹窄的空間曖昧地依偎，步如嫣感到法蘭西斯汩汩傳來的體溫，暖得難以抗拒，步並不是沒有跟異性貼身而靠的經驗，但是這次感覺十分溫馨，有一種水乳交融的互動。

步抬頭望著法蘭西，發覺他的眼睛藍得像一泓秋水，眼睫毛濃密得像女孩子一樣，外國人的眉眼真精巧，還有他左下邊的嘴唇角有一顆小痣，如果這顆小痣長在女子臉上就叫美人痣。步如嫣正在享受溫存，口袋的手機卻不識相地震動，她側身拿出手機看見是白揚打來，心裡暗罵電燈泡，即時將他掛斷，此時列車到站，法蘭西斯提起背包跟步如嫣說再見，在人群中用力地鑽出去，步頓覺空虛。

步回到警局，白揚看見她立即抱怨。

「步督察，幹嘛掛斷我的電話，我有很重要的線索要報告。」

「你在不適當的時候打來。」

「哦，我想起來了，你跟法蘭西斯在一起。」

「白揚在吃醋呢。」彪叔插嘴。

「你們胡扯些什麼。有什麼線索？快說。」

「那個姓胡的叫胡永祥。我查過退休、現役警員及輔助警察的名單，也找不到他的名字，他不是警察。你找到什麼線索？」

「那些媒體報導小三拐走女孩是假消息，麥好的老公沒有包養小三。」

「下一步怎辦？」

「你們先去調查胡永祥的背景，明天你和彪叔二十四小時監視他，找出他平時接觸什麼人。我會去××醫院翻看錄影帶查看詐騙案的經過。」

「收到。」

3.

步如嫣來到××醫院，她先到外面的花園觀察，發覺這裡只有一枚監視器對著醫院的大門出入口，其餘地方都是死角位，她再到行政室找陳副總監借用錄影帶。

步從醫院大門口那一卷錄影帶開始，它拍攝到步如嫣安慰哭啼的小恩及抱她到服務處的片段，還有胡永祥用手機拍照的影像，快速跳過人來人往的片子後，再次拍攝之後胡永祥憂心忡忡，到處搜索的樣子。跟著步如嫣由一樓大堂的錄影帶看起，胡永祥跟著步如嫣進入大堂，拍了小恩坐在服務處嗚咽，麥好來接走小恩，胡永祥在大堂晃來晃去，一時跟著其他探病人，一時走出醫院外，過了好一會又回來，步快速播放片子後，拍到麥好帶著小恩出花園，不久單獨回來乘搭電梯到樓上，接著胡永祥走出再沒有回來。

「陳副總監，有沒有昨天樓上病房的錄影帶。」

「有啊，我叫同事找給你。」

步如嫣快速看過所有錄影帶喃喃自語。

「奇怪，怎麼會沒有呢？」

跟著對陳副總監說：

「陳副總監，還有沒有其他病房的錄影帶？」

「有啊，還有隔壁第二座別棟的精神科病房大樓，離這裡大約兩百公尺，有長廊連接。」

「請你找人帶我到那邊看吧。」

「不要啦，你看了半天也累了，你先去用餐，我叫人到那邊拿過來，下午你再看。」

「那邊只是病房嗎？看病都在這裡？」

「是的，精神科診症室都在這邊，因為先進的醫療儀器都集中在這裡，方便管理。要是有精神科病人需要住院，我們會安排工人運送病人到那邊的精神科病房。」

「那就麻煩你了。」

「不麻煩。」

「等會見。」

下午步如嫣看過精神病房所有錄影帶後皺著眉頭，想了好一會，直到陳總監叫她才回過神。

「怎麼啦，有沒有收穫？」

「初步了解醫院的運作使我獲益良多。」

「能夠協助警方也是我們的榮幸。」

「我先走了，再見。」

第二天步如嫣、白揚和彪叔開會，白揚報告他的調查。

「胡永祥，男性，三十五歲，已婚，育有一子一女，自由業設計師，妻子是中學教師，房子向銀行借貸買的，仍未供滿。我由早上七點到晚上七點監視，昨天早上七點多，他太太和印傭帶著兩個孩子下樓，他太太離去，印傭與孩子在樓下等候幼兒園的保母車接走孩子，八點胡永祥下樓跑步，大約九點回來，十二點正他穿便服下樓，乘坐港鐵到尖沙嘴一間咖啡屋等候，大約十二點半一名貌似ＯＬ的熟女跟他共進午餐，其間兩人有說有笑，狀甚熟絡，飯後胡永祥與女子餐廳門口分手，女子走進附近一棟商業大廈，他逛了一會街回家，傍晚六點許胡永祥穿戴整齊前往旺角一間電影院等候，不久同一名女子出現跟他會合到茶餐廳吃晚餐。」

「我接力到電影院監視，兩人依偎親熱如情侶，看完戲，兩人牽著手到港鐵車站，各自回家。」

「唔，他有外遇。那天我大概十一點到達醫院遇到小恩，麥好領回小恩，磨蹭了一會帶她出花園，獨自回到醫院，時間約十二點，就在那時候小恩被拐走，她被尋回時是兩點多，證明小恩被帶到離醫院不遠的地點，那地方也不是用來藏匿的。」步熟練地旋著筆。

「為什麼人販子要帶小恩到那裡？」

「秋羽又說那個地方的牆壁畫滿了卡通人物，什麼地方會畫了那種畫作？」步抬眼看白揚。

「幼兒園。但是我認為是青少年社區中心，那裡的兒童遊戲室也是畫滿了圖畫的，還有工作人員照顧玩樂的兒童，秋羽的證詞說職員曾經清潔小恩的嘴巴。」

「為什麼要帶小恩到青少年社區中心？」

「我的推論是那個騙子大叔是菜鳥，慌了起來不知怎樣辦便帶她到青少年中心。」彪叔作出結論。

「姑且是那種情況，那麼菜鳥大叔只要直接遺棄小恩在青少年中心就好了，幹嘛還要一同她離去，再棄置她在大廈的樓梯間？豈不是多此一舉呢？」

「既然你推翻我的推理，你認為那是什麼地方？」

「還有一個地方。不過，我們要先去偵訊胡永祥的女朋友。」

「你以為他的女朋友才是騙子？」

「走吧。」

步如嫣和白揚在那一棟商業大廈等候，看見那一名ＯＬ女郎，兩人上前表露身分，女郎神色驚訝，一同到附近的咖啡廳，選了一處隱蔽的角落坐下。

「對不起，打擾你，請問如何稱呼？」步如嫣遞上名片。

「我叫Elaine。步督察，有什麼事情要出動你們？」

「Elaine，你認不認識胡永祥？」

「認識，他是我們公司特約的設計師，他還說自己是輔助警察。」

「你們認識不久吧？」

「為什麼會這樣推測？」

「他約會你，不在你公司樓下等你，卻在餐廳和電影院見面，很明顯是你婉拒了他，你不想別人知道你們交往，還有你們看完電影後各自回家，你也不想他知道你住在那裡，這是女子交往初期的矜持，我還以為這種敵進我退的水磨功夫早已失傳了。」

「步督察深諳此道，功力深厚。不過，我一開始就認為他不是一個誠實的男生，防範未然。」

「既然他不中用，還要見面？」

「他逗得我笑，能慰寂寥。」

「城中熟女皆寂寞。」

「誰叫我們生為女子。」

「要找也要找一個愛你如愛他自己的男人，但是不用考慮我的意見。」

「我們剛約會不久，我在街上看見他的背影牽著一個小女孩的手，我隱約聽到那小女孩叫『爸爸，抱抱。』，他很煩厭地拒絕，還甩開她的手，小女孩哭著鬧，他很晦氣硬拖著她走。跟著我傳即時通訊及影片給他我的所見所聞，他立即回覆我那小女孩是他親戚的女兒，是一個非常彆扭難對付的女孩，我回覆他關我什麼事情，再沒有理睬他，但是過二天，他再即時通訊給我說過幾天就會真相大白，還附上照片。」

「可否給我一看？」

Elaine在手機螢幕撥了幾下，秀給步一張照片，是特寫胡永祥正面抱著一個俯伏在他肩膀上的小女孩，照片看不見她的臉只看見她的長頭髮，背景是潔白的牆壁。步如嫣沉吟了一會。

「你看見那個小女孩的頭髮怎樣？」
「梳了兩條很長的辮子。」
「有多長？」
「差不多到腰呢。」
「謝謝你。」
「不用客氣。」
兩人離去。
「步督察，你幹嘛微笑？」
「之前我不是問你還有那一種地方是畫滿了動漫人物嗎？」
「什麼地方？」
「跟小兒科有關的醫務所。」

4.

他們打開電子地圖，以醫院為圓心，計算公共汽車半小時能到達的範圍，從整個地區篩選出小兒科診所和相關的行業，合格的有五間，兩人立刻行動到訪那些機構。他們來到最後一間診所表露身分後，秀出胡永祥和小恩的照片問護士
「請問有沒有見過這個大叔和小女孩。」

「我不能確定是否同一個大叔，因為他戴著鴨舌帽、墨鏡和口罩，看不清楚容貌，但是這個小女孩肯定是同一個人。」

「那麼他登記的名字呢？」

「這裡寫著他的名字叫陳大文。」護士翻閱登記冊。

「有沒有查看他的身分證？」

「我們是化驗室，不是診所，現在人們在乎私隱，很介意秀身分證。」

「他們來幹嘛？」

「他說要跟小女孩做鑑定ＤＮＡ親子測試。」

「什麼時候有結果？」

「今天下午。陳先生今早還打電話問何時有報告，還說晚一點來拿取。」

「謝謝你，我們在這裡等一下有沒有關係？等會陳先生來請給我們暗號。」

「沒問題。」

「步督察，看，這裡畫了櫻桃小丸子、野口及花輪同學、阿拉蕾和可美。」

「跟小恩說的一樣。」

「那個陳大文跟麥好是否有關係？假定他倆一早在大陸認識，是老相好，後來麥好嫁給她現在的老公，卻懷了陳大文的骨肉，被陳大文發現了，為了證實這一點，就拐了小恩做ＤＮＡ親子鑑定。」

「你說話太大聲，惹人耳目。」

「我在分析案情。」

「你看得太多電視膠劇。要是陳大文認定小恩是他的親骨肉，為什麼看完醫生，把她遺棄在街上？好歹也要知道結果才行動。」

「那麼誰是騙子大叔？」

「稍安無燥。答案快要揭曉啦。」

此時就有一個蒙頭蓋臉的男人進來，鬼頭鬼腦竄到登記處低聲說話，護士小姐突然高聲說：

「陳先生，你來了。」

「不要那麼大聲啦。」

「胡永祥，你不要走。」步如嫣攔在門口大聲說。

男子愕住，突然衝向步，企圖奪門而出，步看著他的來勢，用手抓著他手腕和胳肢窩，側身再轉來一個過肩摔，將他撻倒在地上。

白揚連忙召喚警方處理。

兩人駕車回警局，白揚問：

「步督察，為什麼你會懷疑胡永祥是騙子大叔，他最初指控你才是騙子。」

「陳大文是胡永祥的假名，他裝扮成正義之士，使出做賊喊捉賊的技倆，企圖掩人耳目，以為沒有人會懷疑他了。他自認是警察，但是當我使出過肩摔的柔道招數，他卻不懂得化解，這是柔道的基本功，警察學堂有教授的，你也知道如何反擊嘛。」

「步督察，你把我說成是個智障，什麼也不懂。」

「我只是打個譬喻。我看了胡永祥的手機，他刻意拍下我抱著小恩的照片，醫院大堂的錄影帶拍攝了他到處閒晃，可是在樓上和精神病房的錄影帶卻完全沒有他的蹤影，證明他不是來探病，他在尋找獵物，一個符合他女兒歲數形象的獵物，Elaine看見那個小女孩是他的女兒，他女兒是長頭髮，小恩的年紀也相近，其他條件也吻合，於是他看準麥好將小恩獨自留在醫院外面的花園時拐走了她，但是他遺失了手機令他失算，再回醫院後揭露了他的身分。」

「為什麼？」

「他十二點拐走了小恩，兩點回來找手機，我們將醫院看成A點，診所是B點，由A點到B點是四十五分鐘，來回是一個半小時，在診所逗留半小時，共約兩小時，從胡永祥離開醫院到診所、丟棄小恩、再回來找手機，時間上是銜接無縫，當他聽到麥好在聚賭案驚叫遺失了女兒，他知道詐騙案已經曝光，於是急忙找代罪羔羊，妄想魚目混珠。」

「豈料他不熟門路，好死不死找上了我們的女神探。」

「少灌迷湯啦。從他對陳副總監支吾以對，來到警局慌惶失措，叫人懷疑，當時我仍未能解開秋羽的證詞『一個大姊姊走過來說她的嘴巴很骯髒要清潔，還叫她張大嘴巴用小棒棒清潔裡面。』直至我們偵訊Elaine看見胡永祥的女兒，我才了解小棒棒是化妝用的棉花棒，護士用它黏取小恩口腔的細胞做ＤＮＡ測試，胡永祥瞞著老婆去偷腥，卻被Elaine撞破他有女兒，於是慌稱是親戚的女兒，為了瞞騙Elaine，隨隨便便在醫院抓個小女孩去做鑑定ＤＮＡ親子測試，證明Elaine當天所見的小女孩並不是他的女兒，這就是胡永祥這個無恥男人的騙子動機。」

「世間竟然有如此蠢材用這種笨蛋方法，真是耍笨。」

「現實比小說更離奇。」

命案

1.

一個中年大媽拚命向前走，後面一個胖嘟嘟、理了整齊瀏海的男孩用力拉著她的外套往後拉，大媽力大，男孩力小，將大媽的外套扯成一片小小三角的布帆，像一條小船緩緩駛入警局，男孩尖叫道：

「媽媽，不要進去，很丟人。」

「怎麼不進去？你受了這麼大的委屈，我一定要報警拉他坐牢。」

「都是你害的，我不要。」

「不要也不行。」

大媽硬拉著男孩到弧形案桌的報案室，大媽一屁股坐在紫色絨布椅子，拉緊男孩到身邊。

「阿Sir，我要報案。」

「太太，冷靜點，請給我你的身分證登記。」

中年警員登記她的資料後問：

「太太，報什麼案？」

「非禮猥褻。」
「受害人是誰？」警員看一眼瘦巴巴的婦人。
「是我的兒子。」女人神情十分不滿。
「誰非禮他？叫什麼名字。」
「他的鋼琴老師，高志康。」
「小朋友，你叫什麼名字。」
男孩不回答，只是不住地哭泣。警員只好將兩母子移送到獨立房間錄口供，步如嫣接過案子。
「小朋友，你好可愛啊，要不要吃冰淇淋？」
男孩眼淚漣漣點頭。
「你要綠茶還是椰子奶冰淇淋。」
「兩樣都要。」
「你叫什麼名字？」步笑著牽住他的小手。
「Angus。」
「你幾歲啊？」
「八歲。」
「八歲已經是大男孩，哭哭啼啼好醜耶。」
「我也不想，是媽媽惹哭我。」

步如嫣向大嫣遞了一個眼色，婦人離開房間。

「你在那裡學鋼琴？」

「高志康的家，不，是那個變態色魔的家。」

「他摸你的臉蛋嗎？」

「不是啦，學校也有教我們，不要讓陌生人摸你的上面和下面，若事情發生了，叫我們趕快告訴我們信任的人。」

「好可憐啊，當時怎樣？」

「他第一次伸手入我的褲子裡摸我下面時，我高聲呼叫不要，他就停止了。」

「第一次？」

「是啊。」

「什麼時候？」

「兩個月前。」

「兩個月前？」

「是的。」

「自從第一次之後，那個人再沒有摸你嗎？」

「不是啦，每次我到達和離開時他也伸手進我褲子摸我，有時還叫我坐在他的大腿上教我鋼琴……。」

「怎麼啦？」

「他用整個身體包圍著我，我覺得他下面那個是脹脹的。」

「你沒有告訴你信任的人嗎？」

「有哇，我從第一次已經告訴媽媽了。」

「你媽媽怎麼說？」

「她說她已經付了八節課的全部費用，共三千二百元，每小時四百元，叫我一定要忍耐，上完八節課後她一定會報警抓他，今天上完最後一節課，媽媽就迫著我來報案。」Angus說完，哇哇大哭。

2.

步如嫣和白揚來到高志康的住所，發覺鐵閘門打開，大門關上，白揚按了門鈴，沒有人應門，正想拍門，忽然大門打開，一個慌張的中年婦人看見他們崩潰地說：

「死了人。」

白揚連忙召喚警方及救護人員支援。

單位是二廳二房格局，客廳餐廳相連，門口的右邊是一張六人座的餐桌和椅子，左邊是廚房，前面是客廳，一邊放置電視、音響等電器的矮櫃，一邊是一張兩人座的沙發連茶几，茶几上有一份文件，牆角放置一具高身直立式鋼琴和高凳，琴蓋打開，微風吹動窗簾，外面是小陽台，擺放了一些盆栽和植物。

室內十分凌亂，翻箱倒櫃，滿地衣物和玩具，其中有機器人、積木、毛毛公仔，一架色彩繽紛的玩具小火車頭出了軌道，和穿著紳士服的塑膠玩偶倒臥在餐桌椅子旁邊，一輛上發條的玩具工程拖拉車翻倒在小火車身上，工程拖拉車後面繫了一條繩，繩子串著幾個晾衫的大衣夾，繩末縛了一塊塑膠骨頭，一條火車軌道由餐廳沿著牆角，經過走廊，彎進了一個房門大開的臥房中央，軌道上面擱了另一塊小塑膠骨頭，右邊衣櫃和裡面的小保險箱全打開，內裡狼藉，左邊是書桌和旋轉椅子，上面有電腦、書本、文具和檔案夾，還有藥水和幾包藥丸，前面是一張特大的雙人床，剛好套進三面牆壁內，對面是一排半開的窗子，床上躺著一個身型龐大、肥胖的男子，頭顱被一個大枕頭蓋著，被子攤在一旁。

「女士，請問姓名？」步發問。

「我叫呂玉珊。」

「死者是誰，跟你有什麼關係？」

「死者高志康，我是他的分居妻子。」

「為什麼會跟死者分居？」

「私事。」呂玉珊低不可聞地回答。

「私事也是公事。」

「是他嫌棄我們兩母女。」

「你怎樣發現他死去？」

「我上來討家用，因為保留這裡的鑰匙，便直接打開門，發現物品亂七八糟，東倒西歪，似被小偷闖空門，跑進房間，看見阿康被大枕頭覆臉，全身冰冷，沒有呼吸，正想跑出去找人幫忙，剛好碰上你們。」

「為什麼會認為是小偷闖空門？」

「這裡是低層三樓，近在山邊，時常有大陸過來的賊人匿藏，乘間伺機從去水渠爬上單位做案，這幾個月附近已經發生了兩起這類案件。」

「你老公做什麼職業？」

「他考上英國皇家音樂學院第一張文憑，現在全職教鋼琴和小提琴。」

「教音樂也能餬口嗎？」

「他的家底不錯，父母留下幾層公寓給他收租，不愁生活，教鋼琴只是興趣和打發時間。」

「為什麼他家有如此多玩具？」

「他的學生全都是小孩，這些玩具用來哄笑他們的。」

「他的學生有女孩嗎？年紀多大？是否開班教授？」

「他的學生有男女孩，全是十多歲以下，他喜歡採取個別教授，說收費貴一點。」

「我看見他的書桌有藥水和藥丸，他生了什麼病？」

「我不知道，我已經整個月沒見他。不過，他是很容易傷風感冒的體質，病發時經常擤鼻，擤得鼻子通紅。」

「你現在有沒有工作？」

「我剛辭了職，賦閒在家。」

「請留下手機號碼和住址，方便聯絡。」

陳法醫進行初步驗屍，鑑識科人員拍照、採指紋等例行工作，步如嫣推開玻璃趟門，走出小陽台，天色仍然明亮，四周圍繞著摩天大廈，隔著一堵牆壁向下望的建築物人聲嘈雜，有清脆甜美、低沉嘶啞、嬌聲細語、甕聲甕氣的嗓音，步待了一會，下樓走出屋外，這是一座六層高的老舊公寓，每一層只有兩戶人家，沒有保全也沒有室內監視器，她繞著屋旁的小路走到屋後觀察，二樓開始有小陽台，陽台的間距高約三米，陽台底部也沒有著力的地方，去水渠喉長得像一棵樹延伸到天台，位置離小陽台頗遠，很困難從去水渠跳到陽台上，她看見在二樓和三樓的管線斜插著兩枚瘦長幼細菸蒂，步抓緊水管爬上去，先用手機拍攝菸蒂的位置，再用攝子挾起菸蒂掉到地上，爬下來查看，菸蒂上面有粉紅色細線分隔菸身。

她回到前門，記者聞風而至，聚集在樓下等候，看見步如嫣立刻蜂擁而上採訪她，步打著官腔說調查在初步階段，無可奉告，她穿過人牆，天色漸暗，路燈淡黃，她沿著坡度不大的彎路，走到剛才在小陽台看見下面的建築物，門口的招牌寫著『露宿者仁愛之家』。

3.

第二天步如嫣、白揚和彪叔開會，白揚報告。

「高志康，男性，四十三歲，妻子呂玉珊，四十歲，即昨天在凶案現場的女子，兩人育有一名女兒，年齡十八歲，是智商五十的中度智障人士，心理年齡是六歲至九歲，高志康無正式職業，教鋼琴及小提琴為生，現在居住的樓層是他名下物業，另外他還擁有四層公寓出租，五個物業單位的估值約為四千萬，妻子和女兒則住在劏房，高志康趕走了呂玉珊兩母女，單方面向法庭申請正式分居，只要滿兩年了，他就能夠申請跟呂玉珊正式離婚。」

「他有沒有其他近親？」

「他只有一個妹妹在外國居住。」

「有沒有找到遺囑？」

「沒有。」

「那麼他的分居妻子呂玉珊是他的法定遺產受益人？」

「法律上是。」

「呂玉珊有動機殺死高志康。」

「但是要有證據證明。」

「高志康是否有女朋友才要跟呂玉珊離婚？這條線索值得深入調查。」

此時陳法醫扭動她陀螺型的身體走進來坐下，快速的說：

「今天我很忙碌，要跑幾個地方開會，我只講重點，詳細情形你們看報告，高志康是窒息而死，鼻翼兩側有屍斑，嘴唇上下周圍也有屍斑，身體沒有其他傷口，估計死去約兩個小時，死亡時間是下午四點至六點，他的口舌肥大阻塞氣道，身體粗壯，患有阻塞性睡眠呼吸中止症，但是此症是慢性病，病人很少因此猝死，反而此病引發的併發症如心臟衰竭或缺血性中風會導致死亡。」

「你排除了高志康是自然死亡。」

「你這小子不要胡扯，我的意思是他窒息死亡不是由於他罹患有睡眠呼吸中止症。」

「我親愛的陳法醫，黃毛小子不懂事，不要動怒傷肝。請繼續。」

「他的胃裡有殘留午餐烏冬麵、蔬菜、豬肉和咖啡，還有安眠藥，但是他看病的藥物並沒有安眠藥。」

「他生了什麼病？」

「我們化驗過他吃的藥，他罹患了感冒，還有他在死前曾經有過性行為，他的性器官佈滿精液及另一個人破碎的ＤＮＡ，不能做證據，我說完了，先走啦。」

陳法醫揚長而去。

「他鼻翼和嘴唇的屍斑是因為他感冒，用力捏著鼻子擤鼻涕，抹口水形成的。」白揚立刻判斷。

「嗯。為什麼他不去清潔下體就睡覺？」步應了一下。

「他吃了安眠藥嘛。我們在他的書桌抽屜找到一瓶安眠藥和一張皮膚專科醫生的覆診單，可見得他有吃安眠藥的習慣。他這個星期提取了很多現金，我們初步瀏覽他的電腦，他固定點進一些直播網站。」

「為什麼會是皮膚專科？」步漫聲說。

「有什麼問題？」

「還沒想到什麼。那麼死者的財物呢？」

「我們找不到死者的手機和手錶，錢包空空如也，只餘下證件，死者的小型保險箱也被打開，裡面也是一無所有。」

「有沒有找到教音樂課堂的時間表？」

「也沒有。」

「死者也許儲存上課時間表在他的手機裡。」

「鑑識科的報告指出客餐廳、廚房、廁所採不到完整的指紋，火車、工程車和紳士服玩偶沒有指紋，其他玩具找到不完整的指紋，只有在死者的書桌和文具上才採到死者的指紋，還有，在廚房的垃圾桶裡找到一角吃過薄餅和裝薄餅的盒子，那是一人份的薄餅，根據證物化驗報告，薄餅有小麥粉、起司、牛奶、鳳梨和安眠藥，上面有人類的ＤＮＡ。」

「薄餅裡為什麼會有安眠藥？」

「薄餅可能是死者的昨日的晚餐，他喝完牛奶再吞安眠藥。」

「客廳、餐餐廳和玩具也採不到指紋？」

「有人清潔了客廳、餐餐廳和玩具。」

「步督察，你懷疑是呂玉珊？」

「呂玉珊為什麼要擦掉指紋？她名正言順登堂入室，是另外有一個人早呂玉珊來，我們來的時候是六點五分，陳法醫判斷高志康是下午四點到六點被殺。」

「會不會小偷闖空門被他發現？用枕頭悶死他。」

「屋內雖然凌亂，但是沒有打鬥的痕跡。況且要是專業小偷闖空門，他會戴上手套犯案，不會留下指紋，更遑論抹除乾淨他碰過的地方和玩具。什麼人會清潔家居？」

「死者、幫傭或凶手。」

「還有不想別人知道他曾經到來的第三者。好了，我和白揚去偵訊證人，彪叔，你研究他的電腦有什麼發現，向電訊公司要一張高志康一個月內的電話聯絡清單。」

4.

「步督察，我們要去那裡？」白揚握著方向盤問。

「我約了呂玉珊在她家附近的花園見面，這是地址。」

他們來到約定的花園，園內花木扶疏，呂玉珊在兒童遊樂區推著一個正在盪鞦韆的女子，女子體態豐滿，卻硬生生地擠進小小的鞦韆裡，眼看快要把它壓垮擠破了，女子還拚命向前後擺動，看見步如嫣不停地擺手，熱情叫嚷。

「步姊姊，步姊姊，我是小英。」

步也對她揮手回應，白揚說：

「你認識許多奇人異士。」

「原來她是高志康的女兒。」步輕聲自語。

「你們好，我們找個位子坐下。」呂玉珊轉身跟他們打招呼。
「我們到前面樹蔭下的涼亭吧。」
各人安坐，呂玉珊問：
「兩位，有何貴幹？」
「有一些小事情向你請教。」
「什麼事情？」
「高志康有沒有僱用幫傭？」
「他在家教音樂，家裡整潔，地板和廚房也很乾淨，我想他僱用了打零工的幫傭。」
「那個幫傭叫什麼名字？有沒有她手機號碼？」
「我沒見過她，不知道。」
「高志康愛不愛吃薄餅？」
「他不愛吃乾及硬的食物。」
「他吃不吃鳳梨和喝牛奶？」
「他不愛甜食，對牛奶過敏，喝了會拉肚子。」
「你知不知道他有沒有立下遺囑？」
「我怎知道？」
「他每個月給你多少家用？」

「這個有關係嗎？」
「請合作。」
「他這個人很變態，他看見別人痛苦他的心就快樂，你以為我很想生下一個智障的女兒嗎？我的心也很痛楚啊，他也是女兒的父親，當他發覺小英是智障，就極度憎惡她，常常捉弄她取樂，像貓戲弄老鼠，而且經常出口傷人，用粗野、惡痛、誹謗性的語言嘲諷我，說我跟男人睡得多，搞壞了身體才會生下白痴的怪物，我聽到此話真的很難受。」
「他是否有了女朋友才跟你分居？」
「我不知道，我只知道他要將我逼到絕地，看見我窘迫困境的模樣，他就會樂不可支，他每次只給我撒數千元，像打發乞丐，有時還毫不留情叫我滾開。」
「為什麼你當時在他家裡？」
「是他傳即時通訊給我，叫我大約六點三十分上他家。」
「什麼時間收到即時通訊？」
「昨天三點二十五分左右。」
「為什麼你有他家的鑰匙？」
「他叫我走時沒有收回鑰匙，我以為他會回心轉意。」
「昨天下午四點到六點你在那裡？」
「我在街上徘徊，漫無目的亂走一通，等著上他的家，大約六點到達他那裡。我明白了，你在挑我的毛病，查問我的不在場證據，是的，我沒有不在場的證據，是的，我恨他，非常恨他，恨得他要死。」

呂玉珊不停地喘氣，淚流滿面，抽噎哭泣。

忽然小英飛快地跑過來，掄起拳頭亂打白揚，白揚被打得踉蹌退後幾步。

「你這個衰男人，壞男人，髒男人，為什麼欺負我媽媽？為什麼要欺負我？欺負我們？嗚……嗚……。」

「我……。」白揚無端端被打，啞口無言。

「媽媽不要哭，你還有我，我會保護你。」

她轉身舉起拳頭打向著白揚。

「對不起，近來小英的情緒很不穩定。」呂玉珊強摟著小英。

步如嫣連忙拉著白揚離去，步回頭看，兩人抱頭痛哭。

「步督察，她襲擊警察。」

「何必跟小孩子計較？」

「她是個女人。」

「她的心理年齡只有六歲至九歲。」

「她痛恨男人。」

「她那麼小，不懂得男女事情。」

「她打得我很痛耶。」

「跟你的朋友訴苦吧。」

「步督察，你是個沒有同情心的女人。」

「我是警察，明白事理。」

「關警察什麼事？根本就是兩碼子的事情。」

「走吧，我們去偵訊高志康的鄰居。我還要指示彪叔派一名警員在高志康的家待命，等候高志康的幫傭到來。」

白揚將車子停泊在山下，兩人爬上坡道，經過『露宿者仁愛之家』，步警見一個熟悉的身影，眨眼不見，正在納悶之際，白揚催她不要天然呆，兩人來到高志康對面的單位，按了幾次門鈴，等了很久才有人開門，一名老態龍鍾的婆婆隔著鐵閘門上下不停地打量步如嫣。

「你找誰？」

「我們是警察。」

「你賣什麼？」

「不，我們是警察。」

「什麼？你找我老公。」語音剛落，老婦氣沖沖往裡面走，不一會氣急敗壞拉著一個雞皮鶴髮的老人蹣跚出來，粗魯的說：

「你的私生女來找你。」

「死老來俏，發什麼花痴，老人痴呆。」

「來討債的。」老婆婆撇著嘴。

「你這個混帳奶奶的，給我滾回去。」

「老不修，現世報。」老婆婆扭頭就走，不忘頂回一句。

步如嫣啼笑皆非，白揚大聲說：

「我們是警察，來問話。」

「不要那麼大聲，我的耳朵很靈，我還以為又是那些討厭的記者。」

「昨天下午你有沒有看到對面單位有什麼人到訪？」

「我們關緊門戶，什麼也看不見。」

「有沒有聽到什麼聲音？」

「常常聽到刺耳的拉琴聲和孩子的吵鬧聲。」

「我問昨天下午？」

「聽到拍門聲，之後男女吵架的聲音，那個男人怒不可遏，大聲講了幾次bitch，跟著是開門關門聲。」

「為什麼會說英文？」

「這裡的人說話都會夾雜幾個英文字，中文差勁囉，表達能力不好。」

「當時是什麼時間？」

「不知道，不過電視剛剛開始播放婦女節目。」
「你認不認識對面的房客？」
「不認識，也沒有接觸，只知道他是個獨居男，經常有許多女人帶著孩子上他的家，就算跟他碰面也沒有寒暄，他的眼睛長在額頭，不會正眼看你。」
「謝謝你。」
兩人到樓上偵訊其他房客，沒有斬獲。他們經過『露宿者仁愛之家』，步如嫣想了一下走進辦公室，一名初老的婦人放下手上的工作看她。
「小姐，是否來借用宿舍？但是宿舍每天的開放時間是下午六點到第二天的九點半，你有沒有介紹信？」
「我不是借宿的。我是警察，女士，如何稱呼？」
「我是張太，我和我先生管理這一間宿舍，它是一間慈善非牟利機構，專門幫忙那些暫時生活不如意的女生有一個落腳的地方，不過，她們先要獲得社工的轉介，事情是否跟那些借宿的女子有關？」
「仍在調查。不過，你們隔壁出了命案。」
「啊，怪不得昨天有許多警車進進出出。」
「你是否認識此人？」步拿出手機，秀了高志康給她看。
「不認識。」
「昨天下午兩點至六點你有沒有聽到些什麼聲音？」

「我們宿舍雖然在那棟大廈的下面，但是辦公室在這一頭，那時我們正在工作，並沒有聽到什麼。」

「不久前我看見一個女孩子跑進來，那是你的孩子嗎？」

「我的孩子已成年，搬到外面住。」

「那是什麼人？」

「我沒看見什麼女孩子，可能是隔壁的孩子跑來蹓躂玩樂，宿舍另一頭是我們開闢的小花園。」

「可以參觀一下嗎？」

「非常歡迎。」

「不會妨礙著你們，我們自己過去就可以。」

步和白揚走過去，圍牆一隅建有一個木棚架，四角種了九重葛和炮仗花，藤蔓攀爬在木架上，綠葉成蔭，中間放了石桌和幾張石凳，周圍時花盛放，形成一個雅緻的涼亭，步舉頭望，看見三樓凶案現場的小陽台。

愛跳舞的女孩

1.

步如嫣兩人回到警局不久，即接到留守在命案現場的警員傳來訊息，一名婦人逕自打開大門進來，自稱是高志永康的幫傭來打掃，步命他帶婦人回警局。

警員安置婦人在偵訊的房間，向步如嫣報告。

「證人已經帶來。還有，在等候其間有另一組同事來調查一件風化案，聽到嫌疑犯已死去便離去。」

「謝謝你。」

婦人大約四十歲，身材微胖，吊梢眼骨溜溜不安分地到處亂瞄。

「阿姨，你叫什麼名字。」白揚問。

「我叫羅美蓮。」女子有點不滿。

「蓮姨，你做什麼工作？」

「什麼蓮姨？我打零工做幫傭，有時做產後孕婦的月嫂。」

「蓮姐，月嫂可以賺多少錢啊？」

「也不是很多耶，那要看東家闊不闊綽呢，要是加上紅包最多有三萬多元一個月，最少也有兩萬元，但那不是常常能遇到的工作。」

「你怎麼會為高志康打工？為什麼有他家的鑰匙？」

「我在網路看到招請打零工幫傭便申請，我替他工作三個月後他交給我他家的鑰匙，叫我按時上來打掃。」

「你沒有看今天的新聞嗎？不知道高志康已經死掉了？」

「我今天早上才回來，回家倒頭便睡，睡醒了來上班，沒有看新聞，當我打開門看見一個軍裝警察嚇了我一跳，還以為高先生在玩角色扮演的模仿秀。」

「他喜歡那種玩意？」

「我看過他的手機，裡面儲存了女孩子穿著性感的護士制服照片。」

「你哪時看過他的手機？」

「很久以前吧，我不記得了。」羅避開步的目光，遲疑地回答。

「你平常什麼時候會來？」

「每個星期二和星期五，每次兩小時。」

「什麼時間？做些什麼？」

「下午五點到七點打掃、擦窗擦地倒垃圾，高先生很懶不會倒垃圾，總是堆積了幾天臭熏熏的垃圾讓我清理。」

「你上班的時間很特別。」

「高先生說他上下午都要教琴，只有這段時間是空著。但是這段時間我要買菜做飯嘛，要不是他給的工錢比別人高，我才不會接這份工作。」

「那麼你孩子的晚餐怎辦？」

「我家大兒子會煮飯，我下班八點回到家吃晚餐剛剛好。」

「你來的時候，高志康在不在屋裡？」

「他多數都不在家。」

「他去了那裡？」

「他到山下那些酒吧喝酒，那裡四點到七點是歡樂時光，酒水超平價，聽說還有許多騷貨在那裡裝腔作勢賣弄風情，勾搭男人鬼混，我悄悄告訴你，我曾經見到他與女人勾肩搭背回家，總之醉翁之意不在酒啦。」

「什麼樣的女人？」

「天昏地暗，看不清楚。」

「為什麼他家裡有許多玩具？」

「我曾問過他，他說有些小朋友早到悶著無聊會吵鬧，怕受到騷擾，就讓他們在別的房間玩玩具。」

「你來的時候，玩具的狀況怎樣？」

「一條火車軌道由餐廳沿著牆角，經過走廊，彎進了高先生的臥房中央，一塊小的塑膠骨頭丟在火車軌上，其他的都堆在餐桌下面。」

「我看見那輛小火車拖著一串晒衣夾。」

「有什麼出奇？那些屁孩有時會用它拖著布偶、電池、刀叉筷子等古怪東西。」

「你會不會清潔那些玩具？」

「我只是負責擦窗擦地，打掃房間和廚房，高先生又沒有叫我清潔玩具。」

「昨天你去了那裡？」

「重要嗎？」

「是。」

「我昨天跟朋友過海去澳門，三點從家裡出發，吃過下午茶，搭乘六點的飛翼船，玩了一個通宵，今天早上七點搭船回來。」

「你愛不愛吃薄餅？」步如嫣突然發問。

「不，薄餅有太多起司，吃了會發胖，我寧願吃餛飩麵。」

「請給你朋友的姓名和聯絡電話。」

羅美蓮俐落地發即時通訊給步如嫣就走了。

三人繼續開會，彪叔報告。

「根據銀行提供高志康的帳目，發現他昨天星期四早上十時到銀行提款了十萬現金，每個月的第一天他會提取固定小量現金，每個星期五早上在網路轉帳給羅美蓮，還有一些網路轉帳交易，平時用八達通付小錢，其餘消費用信用卡結帳。」

「找不找到他教琴的時間表？他在網路都瀏覽了什麼網站？」

「我們在他的電腦硬碟找到他的教琴時間表，昨天他只有一節課，是早上十時半，下午沒有安排。他曾經瀏覽許多網站，大多數很普通，但是有一些是加密的，我們將資料交給資訊科技部門解密，暫時還沒有結果。」

「他每月固定提領的現金相信是生活費，那十萬元現金可能是給呂玉珊。」

「呂玉珊說過高志康每次只會給她數千元，那十萬元是給其他人，昨天早上高志康只有一節課，下午並沒有課堂，他刻意清空出時間跟某人見面，那個一定是十分重要的約會。至於其他網上交易，彪叔等會去調查支付給哪些人。」

「那個老伯說婦女節目剛播放就聽到男女吵架的聲音，下午只有B台才製作婦女節目，而且是在兩點開始播放，這樣推斷兩點有一個女人來到高志康家。」

「她會說英文，不知道是什麼國籍？」步抬眼看他們。

「有待調查。呂玉珊六點五分來時發現高志康死亡，要是羅美蓮昨天沒有來，那一塊吃過的薄餅、曾經清潔的玩具證明昨天兩點到六點證明另外有人和高志康見面。」

「羅美蓮並非沒有嫌疑，她可能說謊。」

2.

「羅美蓮有什麼動機要殺高志康？」

「情殺，她狼虎年華，體格風騷，跟高志康劈腿。」

「你們男人見到稍有姿色的女人就有遐想。」

「這是你們女人的偏見。」

「步督察，下一步怎樣做。」彪叔及時介入。

「彪叔去偵訊羅美蓮的朋友，白揚去調查高志康附近那些酒吧。」

「幹嘛？」

「那是你最嚮往的劇本，尋找高志康的霧水情人。」

「你呢？」

「我到法蘭西斯的青少年中心，調查那個出現在『露宿者仁愛之家』的女孩。」

「順便探望你的男朋友。」

「真酸溜溜。」

「你們兩人少貧嘴，解散。」

步如嫣聯絡了法蘭西斯第二天下午在青少年中心見面，他回覆會等她。

步準時到達，看見麗明和秋羽在花園遠處說體己話，裡面看到大雄及小孩玩樂，步跟他們搖手打招呼，小英不理睬她，步報以微笑，她走進法蘭西斯的辦公室，法蘭西斯正忙著，示意她隨便坐。

法蘭西斯忙過後，扭頭面對步如嫣，步連忙別過臉，看著電腦。

「嗯，你在做什麼？好像網路眾籌。」

「二〇一四年九月二十八日到二十九日『占中雨傘運動』期間，警方曾舉起警示牌，警告除了放催淚彈外，更有『遠離否則開槍』的字眼，這些事實都被網媒拍攝，在網上播放。」

「政府最後只是擲催淚彈。」

「政府毫無預警擲下八十七個催淚彈清場，向退至添馬公園的示威者粗暴用武，當時我也在天橋上的自願醫療救護站幫忙，突然跑來一隊警員起勁地揮動警棍，恐嚇不準為示威者療傷，我們已經掛起了白底紅十字標誌的『醫療救護站』布條，志工的手臂扣上同樣紅十字臂章作識別，但是那些警員毫不理會，見人就打，志工夾在示威者和警察中間，首當其衝，一名男志工正在俯身為一名被胡椒噴霧噴到眼睛的示威者清洗雙眼，被如狼似虎的防暴警察狠狠撲打後腦，打得眼角膜脫落，根據國際戰爭條約及國際人道法，兩國交戰也不會攻擊對方的醫護組織或人員，事後特首發言他對警方擲下八十七個催淚彈毫不知情，政務司不肯發表評論，置身事外，警務署長說他是依照長官的命令辦事，他們互相推諉責任，沒人承擔。」

「占中運動的目是不要假普選。」

「『占中』的概念是以公民抗命做手段，爭取包括在基本法的《公民權利和政治權利國際公約》，公平實踐投票權、參選權和提名權的行政長官和立法會普選。但是二〇一四年八月三十一日人大決議拒絕修訂政改框架，宣示普選無望。」

兩人沉默了一會，步問：

「你們籌款的事情怎樣？」

「我們已經籌得足夠的款項給男志工傷者做手術，就算手術成功也只能回復六、七成的視力，而且會有後遺症白內障。咦，你找我有什麼事？」

「詢問你那些小朋友的事情？」

「關於小英嗎？聽說你們欺負她們。」

「沒有那樣的事情。是關於麗明。」

「她有問題嗎？還是她犯了事？」

「不，我在『露宿者仁愛之家』看見她，當時我看見她走向左邊的辦公室，轉眼不見了，我問該處的管理人張太，她矢口否認有女孩跑到那裡去。」

「你為什麼要找她？」

「『露宿者仁愛之家』剛好在命案現場的下面，我們尋找高志康命案的證人。」

「你會不會看錯人？我不相信麗明會跑到『露宿者仁愛之家』。」

法蘭西斯那雙藍如碧海的眼睛看著步，步有點暈乎乎，好不容易把持自己。

「麗明的家庭背景怎樣？」

「麗明雖是孩子，也有私隱的人權。」

「明白了，打擾了，再見。」

步如嫣走到青少年中心對面的咖啡廳，點了一杯熱檸檬茶，盯梢青少年中心，等了很久，小孩陸續離去，最後看見麗明揹著背包走出來，步如嫣連忙結帳，架起墨鏡跟著她，麗明在街上到處流連，一會兒看櫥窗，一會兒買東西吃，沒有回家的意圖，步如嫣亦步亦趨拍下她照片，接著麗明看了一下手錶，走向地下鐵站，步緊貼著，跟她到達『露宿者仁愛之家』，宿舍剛開門，步拍下麗明走進宿舍的照片，再傳給法蘭西斯，法蘭西斯很快回覆。

「我也知道瞞不了你，請不要在『露宿者仁愛之家』對麗明問話，我約她到麥當勞餐廳吃漢堡，到時態度盡量自然，之後告訴你真相。」

過了一會，法蘭西斯傳來訊息說在某間麥當勞餐廳見面。

步依言赴約，去到時法蘭西斯已經買三人份的套餐等著她。

「對不起，沒有問你想吃什麼。」

「沒關係，這些食物已經很豐盛了。」

「步姊姊，快點坐下，一起大快朵頤。」

麗明拿起漢堡包狼吞虎嚥，法蘭西斯很斯文拿著麥香魚漢堡，一小口進食，麗明看了一眼，變得很有儀態。

「聽說你很喜歡跳舞。」

「是啊。」

「你跳舞時你的感覺怎樣？」

「我感到很快樂，自由自在，忘記憂愁。」

「這幾天你有沒有在老地方練習你的『仲夏夜之夢』？」

「有哇，這兩天也有在那裡練習。」

「老地方？仲夏夜之夢？」

「老地方是一個小小的花園，有一個九重葛和炮仗花的涼棚，四周開滿了漂亮的花朵，還有幾棵大樹，我就在那裡練習跳舞，後來胡亂跳了一支舞，法蘭西斯叔叔拍攝下來，取笑說是我的『仲夏夜之夢』。」

「那裡一定是一個美妙的地方，鳥語花香，沒有人騷擾。」

「也不是啦，每天下午樓上有時傳來單調的鋼琴聲、刺耳的拉小提琴聲、小孩的叫聲和男人的叱責聲，晚上聽到枯燥反覆練習的鋼琴聲。」

「這兩天就沒有？」

「昨天已經沒有了，前天下午大約兩點我在涼棚做功課，聽到有人吵架的聲音，過了好一會傳來了流暢悠揚的鋼琴聲，那是……。」麗明笑著說。

「那是什麼？」

「我哼給你聽。」

麗明打著拍子，用鼻音哼出來。

步如嫣揚起眉頭，法蘭西斯一頭霧水。
「還不知道嗎？」
「這是一首小號獨奏曲，曲名叫『Cherry Pink and Apple Blossom White』，翻譯做『粉紅櫻桃和白色蘋果花。』」
「你也聽過嘛。」
「後來怎樣？」
「曲子重複了兩次，很久沒有動靜，後來聽到吹口哨聲。」
「怎樣的口哨聲？」
「先是一響，過了一會是二響，跟著一響、二響交替，重覆幾次就沒有啦。」
「之後有沒有再聽到聲音？」
「沒有啦，直到五點鐘也沒有。」
「你怎知道快要五點？」
「因為我要幫忙張太太做飯。」
「你聽到那一首曲子是下載的嗎？」
「不，我聽到那一首曲子是有人彈鋼琴現場演奏。」麗明想了一會說。
「嘩，你真的好厲害，懂得這麼多，而且還分析仔細。」
「都是法蘭西斯叔叔的鼓勵，他說要為自己而活。」

「為了你驕人的成績，你想吃什麼甜點。」
「不要啦，吃了會胖。」
步如嫣和法蘭西斯送麗明回去後，兩人信步從彌敦道走到尖沙嘴海傍一間露天酒吧，點了啤酒和下酒小吃，夜色璀璨，潺潺潮水拍岸，暖風輕拂繞臉，良辰美景。
「那是什麼曲子？為什麼麗明笑得那麼曖昧？」法蘭西斯皺著眉。
步飛快地看他一眼。
「那一首本是名曲，有人將它扭曲成靡靡之音。」
「你指色情？」
「是。你知道『荔園』嗎？」
「知道，從網上得知是一個古早的遊樂場，有一隻大象叫『天奴』老死在那裡，現在已經報銷，改建成住宅。」
「六、七十年代的『荔園』還有女子脫衣舞秀，前奏的音樂就是用上了那一首小號獨奏曲，自此這一首曲目流行起來，代表色情表演。」
「怪不得麗明懂得笑？」法蘭西斯嘆息。
「小小年紀，為什麼她懂得那麼多？」
法蘭西斯想了好一會說：
「麗明第一次來到青少年中心時只有十一歲，繃著臉，不言不語，對窗獨坐，暗自垂淚，我正想走去了解，同事拉著我說『你是男生，不要過去。』就此任由她坐到青少年中心關門離去。」

「後來怎樣？」

「我曾經等她離開青少年中心跟蹤她，發覺她沒有回家，晚上在不同的麥當勞餐廳過夜。我們到她家調查，被幾個惡男轟走，後來才知她的家庭背景很複雜，她自幼死了爸爸，她媽媽拖油瓶跟過幾個男人同居，之前一個男人還有黑社會背景，家裡有幾個成年兒子，有一天他們強暴了她，還威脅她媽媽不要報警，否則對她們不利，她受不了逃跑，終日流落街頭，輾轉來到青少年中心。」

「你們怎樣解開她的心結？」

「布偶遊戲。」

「布偶遊戲？」

「有一天她拿起一隻布偶對著它說話，往後幾天她也是一樣，我大膽走近她，拿起一隻布偶跟她的布偶說話，她沒有回應，但也不抗拒，默默聽我的布偶說話，後來她遞給我另一隻布偶，我左右手一隻布偶互相插科打諢，引得她大笑，經過一段時間布偶遊戲後，她主動以手上的布偶與我的布偶對話，有一次她的布偶說『他們說都是我的錯，是我不好引誘他們。』我的布偶說『你沒有錯，他們品行不良的傢伙，他們做錯事，卻把責任推在你的身上。』她聽了這番話，簌簌淚下說『這些日子我不斷責怪自己，好辛苦，好想死，但現在我想活下去。』她飽嚐歷練，心智比同齡的孩子成熟，儼如成人。後來我們幾個社工商量後決定不把她的個案上報，說服了她媽媽供給她生活費，讓她白天上學後到青少中心逗留，晚上到『露宿者仁愛之家』住宿，後來她愛上了跳舞，活像一棵堅韌的小草，春風吹又生。」

「你們知情不報。」
「總好過摧毀女孩子一生。」
「要不要再來一杯。」
步再點了兩杯啤酒。
「女子一生受的苦很多，從古至今都是做男子的好。」
「你是男子，你覺得做男子有什麼好處。」步如嫣呷了一大口啤酒。
「我不是真正的男子漢。」法蘭西斯有點失落。
步睥睨他，法蘭西斯自覺失態。
「我覺得自己生長在女人堆中，受太多女人的影響，沒有真的強烈的男子氣魄，我倒希望自己像希臘神話中的英雄人物。」
「現今的社會不需要那一票的男人，像你這樣溫柔好教養，善解女人心的男生才是最受女生歡迎。」
「這就是我苦惱的地方。」法蘭西斯苦笑。
「不要為這些事情苦惱，我們生來這樣就是這樣，除非心裡覺得是全是男人，卻困在女人的身體，可以決定去做手術改變性別，但是如果是一半是男和一半是女，那種情況才是一件苦惱的事情。嗯……，你不是同性戀吧？」
「沒有這回事。我們剛才只是認真討論男人、女人的學術問題。」法蘭西斯靦腆地否認，那雙清澈像湖水的藍眼睛看得步害羞，連忙別過頭。

「今天喝夠了，我們結帳吧。」

結過帳後兩人離開，法蘭西斯突然親暱牽著步的手，步有點錯愕但馬上接受了，那感覺就像一個女生接受另一個女生牽手，步心裡存疑法蘭西斯是不是同性戀？

3.

隔天早上步如嫣跟白揚和彪叔開會。

「我到過高志康常到的酒吧街調查，那裡有一條大水渠分隔開一個兒童遊樂場的小公園，後面有芒草和小山，他只會到一家位在大水渠旁邊的『劉伶吧』，那裡不大，裝潢很簡單，有幾張露天桌子，酒水賣得比別家平價，吸引了一群酒客流連，但是酒離不開了色，同時也惹來輕浮女子搔首弄姿，各國佳麗，燕瘦環肥，春意盎然，不少是做買賣，酒吧店東為了生意也顧不得那麼多，只要女子不過份擾客也睜一眼閉一眼。根據服務生美美的證詞說高志康固定在星期二、四及六大約下午五點來，他總會選擇坐在靠近大水渠旁的坐位，也不嫌棄偶有垃圾飄浮，他說他愛看小孩子在小公園玩樂，他先點一杯辛辣的馬丁尼淺酌，大約坐一個小時多，再點一個簡單的晚餐配以一杯啤酒作結。」

「長話短說吧。」彪叔不耐煩。

「我是有話直說，重覆證人的證詞。」白揚不服氣頂回。

「兩人不要吵，白揚你剛才提到有女子刻意徘徊。」

「步督察，你真是明察秋毫。」

「少拍馬屁。」

「美美說以前經常有女子向他搭訕，大多被他拒絕，漸漸地那些做買賣的女子知道他要的是一夜情。」

「事實如何？」

「他長相平凡，但身形龐大，給人一種安全感，也能吸引一些長相平凡的女子，美美說曾經看過他和一些異國女子雙雙離去，還說他饑不擇食。」

「是什麼樣的女子？」

「美美說那些女子如風中飄來的木棉花絮，差不多一個模樣，一下子就飛走了，記不起她們的面貌，不過很清楚記得其中有一個是三十多歲的尼泊爾女人。」

「為什麼會記得她？」

「那女子經常來買醉，找男人請她喝酒。據說她無所事事，有一個兒子，領取補助金過活，但不知她的名字。」

「唔。彪叔你調查羅美蓮怎樣？」

「我去調查羅美蓮的朋友，一個年約三十歲，不務正業的小混混，叫做李安邦，我猜測他以小白臉為生，搭上了羅美蓮，他說星期四約會羅美蓮去澳門，說好了六點在香港信德中心的港澳飛翼船碼頭乘船入口處等候，搭乘六點半的航班出發，還秀給我看去程的票根。」

「那麼回程的票根呢？」

「沒有啊。」

「欲蓋彌彰。」

「我到移民局查問，證實他們在星期四下午六點二十三分出境，星期五早上八點五十分入境，沒有可疑。」

「羅美蓮從九龍的家到香港搭乘什麼交通工具？」

「李安邦說她搭乘過海的隧道公共汽車，辯稱省點錢。」

「那麼羅美蓮三點由家裡出發，到某地吃下午茶，再到碼頭並沒有不在場證據。彪叔，你去查看星期四下午六點在飛翼船入口處的監視器，羅美蓮到達的情況。還有，高志康在星期四由正午到六點的手機通話記錄怎樣？」

「由正午到兩點他收到的電話都是他朋友打給他，兩點十五分收到不知名的即時通訊，三點二十五分高志康發出即時通訊給呂玉珊，三點三十分他收到一個即時通訊便即時回覆。」

「三點三十分發即時通訊是什麼人？」

「一個叫曾尚崙的人，四點四十八分高志康收到一通不知名的電話，但是未有接上就掛斷了，那一通電話是由××區的一個公共電話打出。」

「那一區很靠近法蘭西斯工作的青少年中心。可是，為什麼？」步如嫣低吟自語。

「什麼為什麼？步督察，你偵訊那個神祕的女孩子怎樣？」

「那一個是附近居住的女孩子跑到花園涼棚玩樂，她在星期四大約兩點聽到吵架的聲音，這跟老夫婦聽到的吻合，過了好一會她聽到鋼琴現場彈奏《Cherry Pink and Apple Blossom White》樂曲，接著重覆了兩次。」

「什麼《Cherry Pink and Apple Blossom White》？」

「我播放給你聽，從youtube下載。」

「原來是這一首猥褻歌。咦，我最近好像在那裡聽到？」白揚入神想了一回，沒有結果。

「女孩說過了很久又聽到了幾響哨子聲，直至五點沒聽到什麼了。」

「步督察，綜合手上的證據，有什麼高見？」

「星期四大約兩點有一個不知國籍的女子跟高志康吵架離去，過了好一會高志康彈鋼琴，他特意取消下午的音樂課、為的是在光天化日彈奏這一首靡靡之音嗎？我推斷那時有人到訪他家，這是第二個人，更是個女人。但是在他家的垃圾桶找到一塊吃剩的鳳梨起司薄餅，上頭還有牛奶和安眠藥，呂玉珊證明他不愛吃甜食和喝牛奶，是第三個人吃掉薄餅和喝牛奶。」

「第二個人來了之後，高志康才彈鋼琴，就是第二個人吃薄餅和喝牛奶，根本沒有第三個人。」白揚起勁地反駁。

「一邊淫樂一邊吃東西？還有，誰擦掉玩具上面的指紋？羅美蓮說她不會清潔玩具，不可能是第二個人吧，是第三個人擦掉的。要是羅美蓮說謊，她五點來又離開，她是第四個人，第五個人是呂玉珊，她六點五分來，發覺高志康死亡。」

「為什麼你認為羅美蓮說謊？」

「高志康固定每個星期二、四、六約下午五點到『劉伶吧』喝酒吃晚餐，這是服務生美美的證詞，羅美蓮也證實她來打掃時高志康會到酒吧街，可是她卻說成她星二，五來清潔，跟高志康恆常到『劉伶吧』的習慣並不相符，高志康每個星期五早上在網路轉帳給羅美蓮，他對金錢很在意，他不可能在羅美蓮沒有完成一星期的工作，就預先付給她工資。要是羅美蓮五點鐘來，殺死高志康，再搭乘計程車到碼頭，就能趕得及六點到達去澳門的碼頭。」

「根據你的推理，共有五個嫌疑，其中有三個不知名。」

「彪叔，你在高志康的電腦檢查到什麼？」

「他有變童癖，他的電腦儲存了幾千張兒童色情圖片。」

「還有那幾個網路付款的帳戶是誰？」

「它們都在晚上發生，大多數是付款給網路購物的帳戶，但是有兩次是付給一個私人帳戶叫麥好。」

「麥好！」

「那是誰？」

「上次被拐走女孩小恩的爛賭媽媽。」

「她也做網路直銷嗎？」

「法蘭西斯提過麥好從事網路購物生意。不過，為什麼不是付款給她的公司帳戶？我們去偵訊她。」

不愛跳舞的女孩

1.

法蘭西斯正在跟同事開會，討論的題目是如何預防止青少年自殺，其中一個女社工滔滔不絕說：

「青少年自殺的原因有四個，一是家庭背景及管教方式，二是學業成績的壓力，三是解決困難能力薄弱，四是人際關係。」

「你所講的都是老生常談，每一個孩子的問題都不一樣，正如我們中心有幾個孩子的情況很特別，譬如秋羽。」

「請保護孩子，不要公開討論他們的問題。」法蘭西斯語氣嚴肅。

忽然他口袋裡的手機震動起來，他拿出來看，上面的即時通訊寫著：

『我不要再跳舞。』

發訊人是秋羽，他心頭一震，欠了一下身立刻走出去回覆她，他傳了即時通訊後等候秋羽，等了很久還沒有回答，連忙打電話給她，卻是口語錄音『您撥打的用戶暫時無法接通，請稍後再撥。』他想再按電話，突然接到麗明的即時通訊。

一個女子出來找他。

「你的臉色很難看，好像被人在胸口捶了一拳，要不要休息一下？」

「秋羽發生了意外。我擔心她們，我要到學校去。」

「你趕快走吧。」

步如嫣和白揚來到麥好的天台鐵皮屋，按了很久門鈴才有一個容貌粗鄙的男人應門，粗聲粗氣說：

「你們找誰？」

「我們找麥好。」

「那個衰婆一早去了麻雀館打牌。」

「你是她的前夫？」

「什麼前夫？我是她如假包換的老公。」

「你們不是已經離了婚嗎？你為什麼會住在她家裡？」

「我們離不離婚要你管？」

「啊，你們假裝離婚，騙取補助金。」

「關你臭婆娘祖宗十八代什麼事！」

老粗男人說完後大力關上門，白揚大力拍門。

「白揚，先不要管他。我剛剛收到即時通訊說基×中學有學生從學校天台跳下來，叫我們過去看一下。」

「啊。」

「還不走。」步催促他。

「步督察，我記起了，我在這裡聽到那一首猥褻的曲子。」白揚拍了一下腦袋說。

「知道了，趕快走。」

兩人來到基×中學，學校鐵門已關上，門口擠滿了心急如焚的家長和圍觀看熱鬧的人群，步如嫣瞥見法蘭西斯，拉他到一旁。

「你在這裡幹嘛？」

「秋羽從天台跳下來。」他低聲說。

「哎呀，怎麼會這樣？」

他們走近鐵門，裡面幾個保全上前攔阻他們，一名貌似訓導主任的女人排眾而出，凶神惡煞說：

「你們是什麼人？要是你們是親屬，請在門口等候接回你們的子女，要不，這裡沒有你們的事情。」

「我們是警察。」步沉穩的說。

「真是世風日下，人心不古，竟然有人冒充警察，尤其是那些唯恐天下不亂、謊言惑眾的記者，況且，我們並沒有報警。」

「這是我的證件，負責這一單跳樓案件，請問貴姓？」步如嫣秀出證件。

「我是王太，學校的訓導主任。」

「王太，請過目。」

王太看過證件後，心不甘情不願地指示保全打開鐵門讓他們進來，操場一角已經清空，架起了塑膠圍籬，圍住一個穿著校裙的女生，地上流了一灘鮮血，四周散落手機的碎片，法蘭西斯想跑過去卻被步如嫣拉住。

王太帶領他們到學校的會議室後走出去，過一會，她和一個撲克臉的男人一起進來，客套過後，步如嫣問：

「曾副校長，事情發生了很久，為什麼救護車還沒有來？救護隊有服務承諾，要是緊急情況，最遲十分鐘到達現場。」法蘭西斯焦慮不堪。

「我們已經打了電話。」

「什麼電話？」

「總之就是電話。」

「是不是九九九？」

「我們遵從了特區政府教育局編定的《學校行政手冊》，裡面的指引列明學校一旦爆發嚴重意外，教師要陪同上救護車到醫院，我們會嚴肅處理事情。」

「要是你們沒有打九九九，救護車怎麼會來？」

「我們的教師已經嚴格遵守指引，打電話給『聖約翰救傷隊』。」

「『聖約翰救傷隊』只是民間救傷隊，並不及政府的救護隊專業，裝備齊全，救人要緊，更要爭分奪秒。」

「這位洋警官，指引並沒有叫我們打九九九緊急電話。」

「那是常識，曾副校長。」

「阿 Sir，手冊沒有說明我們必須打九九九報警，你們雖然是警察，也不要侮辱我們的智慧。」

「你們害怕打了九九九熱線會招引記者，將學生墜樓的事情傳開，影響學校的聲譽，你們見死不救，草菅人命。」

「你不要站在道德高地指責學界，我們學界已經盡力而為，跟從教育局訂定的指引辦事，是指引訂立得不夠清晰明確，不是我們不負責任。」

「人皆有惻隱之心，你們缺乏慈悲心，就算你們有更多學生在中學文憑試考得好成績，也是徒然，你們不三省其身，沒有道德，怎樣為人師表？」

「你大放厥詞，我不會跟你這個整天掛在口邊講大愛，無知之徒的左膠洋鬼子一般見識。」

男子拂袖而去。

「曾副校長，麻煩你請該學生的班主任來見面。」步如嫣叫住他。

「知道了，幾位，請等一會。」王太代為回答。

「我出去看麗明，還有打九九九報警。」法蘭西斯仍然氣憤。

過了很久才聽到敲門聲，一名長相溫婉和氣的中年女子走進來。

「我是秋羽的班主任，敝姓袁。」

「袁老師，你好。請坐」

「嗯。」

「那個學生叫什麼名字？」

「她叫梅秋羽，念高中一。」

「她的成績如何？有沒有學業上的壓力？」

「她的成績平平，她家人和自己對學業沒有什麼要求，所以沒有壓力。唉，我的工作很忙，除了日常教學、改習作、值日，還要籌備及帶隊活動，出席永不休止的會議，工作到半夜，第二天一早起床，每天都在打仗，更要處理學生的情緒問題。」

「那麼梅秋羽在班上有沒有不尋常的地方？」

「我看不出有什麼特別，她不太合群，沉默寡言，有點悶悶不樂，上課有時提不起精神經常打呵欠，但是班上有三十幾人，總有一些很皮的屁孩學生要輔導，那些怪獸家長經常打電話投訴，尤其是新住民家長十分無文明，總以為受到歧視，出言不遜，令人疲於奔命，只要梅秋羽沒惹麻煩，她就是沒有問題的學生。」

「可是你眼中沒有問題的學生卻從天台跳下來死了。」

「她不是自殺，是意外，她失足跌下來。」

「你怎知她失足跌下來？當時你在那裡？」

「是曾副校長告訴我梅秋羽失足跌下來，你不是懷疑我吧？我當時在教師備課室改習作，聽到巨響，聯同其他人走到操場，副校長驅散圍觀的學生，但是他看見梅秋羽，立刻嚇了一大跳，臉色陰晴不定，冷汗涔涔，當時梅秋羽仍有知覺，她狠狠盯著副校長說了『是你』，他猛然別開臉，果斷地叮囑我們一定要跟隨《學校行政手冊》的指引辦事，認真處理梅秋羽意外墜樓的事件，之後踉踉蹌蹌地離去，好像受了很大的刺激。」

「那是副校長的託辭，他聲稱指引並不包括打九九九報警。」

「我不會挑戰學校管理層的說話，校長好像山寨王，其他人像是一呼百應的跟屁蟲嘍囉，沒有人敢違逆校長的意思。」

「袁老師有很多牢騷。」

「老師生涯原是惡夢。尤其是我們這些八十後的合約教師，政府美其名校本管理，將權力交給校長，校長對教師有生殺去留權，我們是每一年續約，就算得到續約，並不表示會增加薪資收入，要看校長的心情喜好及政府撥出的經費，他想給你多少，你就有多少，在這個扭曲的教育環境裡，教師一方面過著朝不保夕的生活，一方面又要一本正經教導學生做一個正直、獨立思想的好人，很容易精神上人格分裂。」

「梅秋羽有沒有受到欺凌？」

「我們學校沒有欺凌。」

「又是曾副校長編派給你的台辭？你真叫人瞧不起。」

「我有兩個上中學的孩子。」

「我們會從其他人答案，到時你們會很尷尬。」
「要查你們儘管查，事不離實，反正我知道沒有欺凌。」
「你在自保。」
「隨你喜歡怎樣說吧，要是沒有其他事情，我失陪了。」
步的手機震動起來，她打開即時通訊是法蘭西斯傳給她，說麗明事發時在操場。不一會，法蘭西斯牽著滿臉淚痕的麗明進來。
「麗明，你知道些什麼？」
「我看著秋羽從天台跳下來。」
「可以告訴我當時狀況嗎？」
「我約她休息時見面，她回覆叫我到操場等她，當我去到操場時找不到她，卻收到她的即時通訊。」
「即時通訊的內容是什麼？」
「是……，是『我不想再跳舞。』我十分奇怪，後來聽到她在高處叫我，我抬頭看，她把手機從天台拋下來，接著她就跳下來，我……我看著她跳下來。」麗明嗚咽地說著，十分激動摟著法蘭西斯慟然大哭。
「秋羽在此之前有什麼異常的舉動？」
「她最近經常無精打采，惘然若失，我問她晚上睡不好嗎？她總是苦笑，無言以對。」

「她心裡有祕密？」
「我想是。」
「是家裡？還是學校？」
「我想兩方面都有，她父母都是衰人，家裡經常缺錢，沒有家庭溫暖，她說過好想摟著媽媽撤嬌，可是她媽媽只會在秋羽跳舞後才會擁抱她一下。」
「秋羽跳什麼舞？」
「她說跳芭蕾舞，可是她卻不肯跟我到青少年中心上課，我問她在那裡練習，她吞吞吐吐說在外面跳。」
「那麼在學校呢？」
「那個惡霸曾佳民經常戲弄欺凌她。」
「曾佳民怎樣戲弄她？」
「他叫她做羽羽，還說她像小乳牛，放學時經常在我們背後裝神弄鬼，突然嚇我們一跳，跑過來瘋狂地弄亂她的頭髮，有一次他將一隻蛤蟆放在秋羽的抽屜，嚇得她哭了出來，他卻在遠處奸笑，最可惡他最近偷拍了秋羽一張照片，傳給他的朋友，厚顏說秋羽是他的女朋友。」
「你有沒有看過照片？」
「沒有。秋羽很生氣，將它刪除。」
「最近曾佳民有沒有作弄她？」

「有。」麗明想也不想就說。

「事情是怎樣？」

「上星期五放學後我經過體育器具室，秋羽突然哭著臉跑出來，跟著曾佳民也跑出來，他看見我停下腳步，望著秋羽漲紅了臉，秋羽瞅了他一眼，拉著我轉頭就走，直到看不見他為止，我們跑到商場找位子坐下，秋羽抹拭眼淚，我問她發生什麼事，她回答『他欺負我。』後閉上嘴，此時她的手機響了一下，她看了一眼把它關掉，呆愣地著坐了很久，我再問她他怎樣欺負她，她只是輕聲說『他欺負我。』」

「就這樣？」

「是啊，之後我們分首回家。」

「知道了。」

「我先帶麗明回我們宿舍。」

「啊。」步斜睨他。

「我們教會的宿舍分男、女房間，各有兩張雙層床，供探訪者掛單留宿。」法蘭西斯回看了她一眼。

步如嫣傳了一則即時通訊給王太說要見曾佳民，過了約一盞茶時間，王太領著一個男孩子進來後離去，小子有點孩子胖，五官端正，濃密烏黑的短髮，劍眉大眼，黑色粗框圓形眼鏡，唇上薄薄的汗毛，抿嘴唇，愁眉苦臉，絞著雙手。

「你是曾佳民？」
「嗯。」
「是你要梅秋羽跳舞。」
男孩驚愕地看著步如嫣。

2.

曾佳民淚流滿臉，步如嫣好整以暇，叫白揚到外面買了飲料，步喝過幾口礦泉水，掏出紙巾遞給曾佳民。
「你喜歡梅秋羽？」
「噯……呀……是的。但是她不喜歡我。」
「你怎知道？」
「她跳下來之前傳給我即時通訊說『我只想在我喜歡人的面前跳舞。』」
「是你迫逼她跳舞，害死了她。」白揚突然插嘴。
小胖子臉色發白。
「上星期五的事情是怎樣？」
「那天放學後，我看見她抱著籃球走入體育器具室，便溜進去向她解釋。」
「解釋些什麼？」

「其實我沒有將她跳舞的照片傳出去，是同學搶了我手機做的，還在上面寫秋羽是我的女朋友。我向她道歉，她用籃球丟我，我閃開，她掄起拳頭打我，我一點也不覺痛，說真的，我喜歡她打我，後來我大聲說『我喜歡你。』她愣住，紅著臉說『你欺負我。』，跑了出去，後來我再傳即時通訊向她道歉，被她吐糟。」

「那張是怎樣的照片？」

曾佳民秀了秋羽的照片給她看，秋羽側身而立，挽起了烏黑的頭髮，露出雪白的後頸，粉臉緋紅，穿著校服，站立的姿勢有點彆扭。

「這是否一張合成的照片？」步如嫣想了一下說。

「是的。」

「原本的照片是怎樣？」

小子一臉畏縮。

「快點說啊。」白揚催促他。

「是一張袒露胸口、胳膊，穿著超級性感護士制服跳舞的照片，我不想別人看見她……她……。」

小子囁嚅說。

「她不體面的照片。」

「是的。她還穿戴了一個十分古怪的胸罩。」小胖子完全洩氣。

「你是從那裡取得那張照片？」

小胖子猶豫了一會，耷拉著腦袋細聲說：

「在家裡的電腦上網看見下載的。」

此時步如嫣的手機震動，她拿出一看，是彪叔傳來的即時通訊，說已經解開了高志康進入那個加密的網站，還傳來一段影片，步如嫣看了，倒抽一口涼氣。

「白揚，我們去偵訊麥好。」

「這個小子怎麼辦？」

「曾佳民，我們問完了，你先走。」

那小子走到門口回頭問：

「是不是我叫梅秋羽跳舞害死了她？」

「不是。她還喜歡你。」

「可惜她死了。」小胖子紅著眼，垂頭喪氣。

他們回到操場，看見『聖約翰救傷隊』的救護車離開學校，一大群家長聚集在一起，七言八語嚼舌根。

「這間學校沒有足夠學生，要不是我們的孩子長途跋涉，每天從深圳來這裡念書，這間學校一定要面臨閉校的命運。」

「得了便宜還賣乖，你在掠奪香港人的資源。」

「香港人有什麼了不起，你們喝的水都是由我們深圳那邊的西麗湖供應，回歸後香港的東西都是屬於大陸的。」

「我還以為孩子進了這間有名的中學，就能贏在起跑線。現在卻爆出學生跳樓的醜聞，真不知要不要給孩子轉校。」

「不是啦，孩子要贏，要贏在射精前。」

步如嫣輕輕嘆息，繫好安全帶，示意白揚開車。

「步督察，曾佳民明明整天作弄梅欺凌梅秋羽，他怎會喜歡她？梅秋羽又怎會喜歡他？你怎知他叫她跳舞？」

「你念書時沒有心儀的女生嗎？」

「我小學跟中學都是念男校。」

「男孩喜歡女孩時，自尊心強的男孩不敢表白，怕被拒絕，但又想吸引她的注意，就會用反方向的手法戲弄她，就算得不到青睞，也渴望看到她對他翻白眼，曾佳民就是用這種方法接近梅秋羽，梅秋羽在體育器具室對曾佳民的表白並沒有發怒，反而不痛不癢說了句『你欺負我。』而且說得一次比一次溫柔，顯見她並不討厭他，臨跳樓前還傳給他即時通訊『我只想在我喜歡人的面前跳舞。』秋羽喜歡的人是曾佳民。可是她為什麼要摔壞手機？」

「她摔壞手機，是要毀滅跟曾佳民的通話證據，但是好幼稚啊，我們能從電訊公司知道通話記錄。」

「整件事的主軸是跳舞，曾佳民曾經下載秋羽的照片，秋羽看了立即把它刪掉，表示那一張是秋羽最不想看見的照片，秋羽死前留下的即時通訊是『我不想再跳舞。』我推論那一張是秋羽跳舞的照片，故意試探曾佳民說他迫逼秋羽跳舞，最終他不打自招承認。」

「為什麼我們又要再去偵訊麥好？」

「彪叔剛才傳過來那影片就是秋羽跳舞的片段，她臉上的化妝和髮型跟曾佳民的照片是一模一樣，袒露胸口胳膊，穿著護士制服，戴上古怪胸罩，那一個網站的收款人是麥好。」

「你推測麥好就是始作俑者。」

「還不止呢。」

兩人來到麥好的住處，按過鈴，麥好打開看見他們，神情粗暴。

「你們還來幹嘛？」

「你沒收到訊息嗎？」

「我的手機……遺失了。」

「你不是遺失手機，是打麻將輸掉了。」

「就算是輸掉了，又關你什麼事？」麥好凶巴巴看著步如嫣。

「讓我告訴你一個壞消息吧，秋羽從天台跳下來死了。」

「你這個臭婆娘，不要咀咒我女兒。」

「你不信，上網看一下，反正你家有網路直播的設備。」

麥好連忙上網查看，當她得知事實，臉容扭曲，力竭聲嘶說：

「秋羽，是誰害死了你？」

步如嫣露出鄙視之色，冷冷的說：

「是你，是你害死了秋羽。」

「我？我做過什麼？」

「你說你做網路直銷，看，你賣的是什麼東西？」

步如嫣隨手拿起一盒商品，抖出了一件性感香豔的情趣胸罩。

「你賣的是情趣胸罩和內褲，我們上次偵查你的小女兒被拐騙時，我看見你家有一大堆商品，還有客廳特別清空了一角，掛了一幅到頂的白色簾幕，兩盞打光燈，一台電腦和許多纏繞不清的電線，這些設備證明你做網路直播。」

「是又怎樣？網路直銷是正當生意。」

「我推論最初你是網路直銷商品，後來你逼迫秋羽穿上那些情趣胸罩和內褲做網路直播直銷。」

「你不要惡意中傷我。」

「你自己看吧。」

步如嫣秀給她看那一段彪叔傳給她的影片，片中的秋羽穿上那些胸罩和內褲生硬地跳舞，表情憂鬱，楚楚可憐。

「你們怎會有這個影片。」

「是從高志康的電腦下載的。」

「我不認識那個高志康。」

「你不要再否認了，你不單誘導秋羽網路直銷情趣用品，你還迫使她跳脫衣舞，吸引那些孌童癖付款登入你的網站觀看，我們有證據證明高志康曾經付錢給你，更甚者你強制她到高志康家裡做真人秀，你利用秋羽的身體賺錢，滿足你的賭癮，你已經觸犯了《防止兒童色情物品條例》。」

「我送她到高志康那裡跳舞？你沒有證據！」

「你的電腦硬碟儲存了秋羽跳舞的資料，你跟高志康的網路連結，這些都是證據。當日我們調查小恩被拐騙案件，就在你們口聽到了那一首跳脫衣舞的曲子，在星期四下午大約兩點三十分，證人聽到高志康家裡有人彈奏同一首猥褻的曲目，連續兩次，他在找樂子，同一首曲子在不同地方聽到，說明了同一種活動在進行，那就是有人跳真人脫衣舞秀，在網路直播跳舞尚且難受，何況在陌生人面前裸體，更是羞恥萬分，情何以堪，你這個喪盡天良的壞蛋迫令秋羽到高志康家裡做真人脫衣秀，摧殘她的心靈，戕害她的自尊心，把她壓迫到絕境，她最相信最愛的人出賣了她，叫她無地自容，她才會跳樓自盡，最後遺言是『我不想再跳舞。』」

「我沒有迫逼她跳舞，她是自願跳的。」

「她跳脫衣舞秀為了換取你的擁抱，她跳舞是乞求你的愛，你殘忍地戮破她的希望，令她生無可戀，你真卑鄙。」

「我也不想，我賭輸了錢，欠下高利貸，我沒有錢還，利息滾利息，如無底洞，窘迫沒辦法才送秋羽在陌生人跟前跳脫衣舞秀。」

「為什麼你自己不賣身還債？」白揚大聲地責罵她。

「他們也有強迫我，我誓死頑抗。」
「高志康給你多少錢？」
「連帶上一次他給我三萬元。」
「上一次？」
「是，共兩次。」
「你知不知道高志康會怎樣蹂躪你女兒？」白揚咆哮。
「他們答應只看秋羽跳舞。」
「你的謊言蒼白無力，連自己也不相信，你真無恥，出賣你女兒的貞操還賭債。」
「她是我的女兒。」麥好被罵得萎縮，軟弱地駁嘴。
「她是你女兒，你就逼迫她做你自己不想做的事情？你真是人渣。」
「你說兩次、他們？你詳細告訴我什麼狀況。」
「第一次是半個月前，我送秋羽到高志康家，一名頭戴鴨舌帽、墨鏡和口罩的中年男子迎接秋羽入屋，半小時後我接走秋羽，她緊緊摟著我哭泣，只說了一句話『很痛。那位先生本應受人尊敬。』第二次是上星期四大約兩點十分我們到達高志康家裡，屋內只有他一人，半小時後我接她回家，秋羽一直坐在沙發發呆流淚，面無表情，我想摟抱她，她無情地推開我，自始沒有跟我說過半句話，我以為她生完氣就沒事，怎料到⋯⋯。」
「現在後悔已遲了。你到達和離開高家時有沒有遇見什麼人？」

「我們上樓時遇到一個身材豐滿的印度女人。」
「你怎知她是印度人？」
「我想她是吧，她的眉心點了一顆紅痣。」
「我們大約兩點四十五分離去，沒有碰到什麼人。」
「那麼高志康呢？」
「也沒什麼啦，他將一塊小薄餅放進烤箱，走出客廳，從茶几上拿起一份××保險公司的文件閱讀。你問完沒有？我要去看秋羽。」
「請便。」
兩人看著她匆匆離去。
「秋羽是自殺，好可憐啊。」
「最可憐是小恩，真害怕她會步上秋羽的後塵。」
「為什麼我們的社會沒有一個考試，審核當父母的資格才可以養孩子？」
「嗯。」步心不在焉。
「秋羽墮樓事件真相大白，我們又要集中火力調查高志康的命案。」
「還未完啊，有一處地方要去。」
「去哪？」
步如嫣告訴白揚地點，旋即一頭栽入部落格窮忙。

3.

白揚將車子駛回基×中學，停好車等候步如嫣的指示，步掏出手機傳了即時通訊給麗明。

「嗨，心情怎樣？」

「好了一點，但是心裡很悶。」

「法蘭西斯在那裡？」

「他安頓我之後回去上班，晚上跟我吃晚餐，你來不來？不過，先到青年中心集合。」

「好的。麗明，曾佳民和副校長是什麼關係？」

「他們是父子。」

「我也猜到了。」

「你怎樣猜到？」

「他們都姓曾。好了，等會晚餐見。」

步如嫣收起電話對白揚說：

「你在這裡等我。」

「你的臉色發青，眼神怨恨，十分陰沉，你要去那裡?要不要我陪你？」

「不用。」步決然回絕。

副校長室的冷氣很冷，茶杯冒起孆孆輕煙，步如嫣開啟手機，隔著輕煙看著相貌堂堂的曾先生忙著講電話，曾佳民長得像他，但是他的臉型是倒三角，狐狸臉。

「剛才王太打電話報告梅秋羽不幸傷重不治。」他鬆了一大口氣。

「是可預見的結果。」

「步督察，你找我有什麼事？是梅秋羽的事情？當時天台只有她一人，大家都看著她跳下來，並沒有人推下來，事件不是謀殺，而且已經完結。」他的神情輕鬆。

「你知不知道梅秋羽的遺言是什麼？」

「她有遺言？」

「是『我不想再跳舞。』」

「現在的青少年搞什麼鬼，受不了半點挫折，吃不了苦，不想跳舞就不要跳，何必為這點小事尋死。剛剛有一單新聞報導一名十九歲青年不想到美國升學，跟爸爸爭執不果，憤而跳樓慘死。」

「曾校長，有人逼迫她跳舞。」

「誰會逼迫她跳舞？她媽媽？」

「曾校長怎會想到她媽媽？」

「我瞎猜吧，要不是她媽媽，一定是她的損友，她是一個壞女孩。」

「不，是曾佳民。」

「怎……怎麼會是那小子？」

「他上網看過梅秋羽跳舞的影片後，下載到手機，轉發梅秋羽跳舞的照片給其他人，上星期五他逼迫欺凌梅秋羽跳舞。」

「咦！怎麼會這樣？」

「我秀給你看。」

步如嫣遞給他手機，校長看過後如釋重負。

「原來是穿著校服跳舞。」

「他說從你的電腦下載的。」

「是又怎樣？沒有什麼大不了。」

「校長，你認不認識高志康？」

「高志康，名字有點熟。」

「高志康，××年從××大學音樂系畢業，跟你是同屆同系的同學。」

「啊，原來是他。」

「你跟他很熟稔呢，還時常到他家一起玩音樂，上星期四下午三點三十分你還傳給他一個即時通訊，他也立刻回答你。」

「你怎麼會調查我和高志康的關係？你懂不懂得尊重別人的私隱？」

「調查案件是警方的職責。我上了你和高志康的部落格，高志康將他和你最近的照片貼上網，還寫上你們經常見面，在他家即興演奏歌曲，十分融洽。為什麼要隱瞞你倆的關係？」

「是的，我跟他十分熟絡，沒通知警方，犯法嗎？你懷疑他的死跟我有關？控告我啦，笨。我告訴你，我在高志康死去整個下午都待在學校裡，我有完美的不在現場證據。」

「我們會調查你是否有可靠的不在現場證據。但是梅秋羽的死跟你有莫大的關係。」

「Bullshit。」

「曾佳民，你兒子的證詞，說從你的電腦下載了梅秋羽跳舞的照片並不是穿著校服，那是一張合成照片，原本那段影片是梅秋羽穿著性感護士制服，情趣胸罩和內褲跳舞，你上了麥好的直播網站看過她跳舞，剛才你自打嘴巴猜想麥好逼迫使秋羽跳舞，已經露出了馬腳，你利用高志康的家看梅秋羽的跳脫衣舞真人秀，繼而奪去她的童貞。」

「你不要含沙射影抹黑我，我要告你誹謗。」曾紅著脖子回嗆。

「秋羽被你污辱後只說過一句話『很痛。那位先生本應受人尊敬。』她父母是品行不端的混蛋，她尊敬的人只有老師。」

「她也有許多男老師。」

「秋羽受傷攤在操場上，你跑去看她，你吃了一驚。」

「看見血腥的場面，誰都會吃驚。」

「那不是普通的吃驚，秋羽班主任袁太的證詞說『副校長驅散圍觀的學生，他看見梅秋羽，立刻嚇了一大跳，臉色陰晴不定，冷汗涔涔，當時梅秋羽仍有知覺，她狠狠盯著副校長說了『是你』，他猛然轉開臉，果斷地叮囑我們一定要跟隨《學校行政手冊》的指引辦事，認真處理梅秋羽意外墜樓的事件，之後踉踉蹌蹌地離去，好像受了很大的刺激。』」

「那……那並不表示什麼？」

「為什麼你大吃一驚受了很大刺激？為什麼秋羽會狠狠盯著你說『是你』？為什麼你要千叮萬囑指示其他人跟隨指引辦事？」

「嗐嗐。」副校長吞嚥了口水。

「秋羽證詞的尊敬先生是你，她認得你，你卻不知道她是基×中學的學生，直到你發現跳樓的學生竟然是你強姦的少女，你著實嚇了一大跳，秋羽仍有知覺，所以她狠狠地盯著你說了『是你』，她是唯一的證人能夠指控你的罪行，麥好認不出你，高志康已死，你為了撲滅秋羽，果斷地下了一道催命符，行使無上的職權吩咐老師要認真跟隨指引辦事，你知道指引沒有規定學校打九九九叫救護車，你對內部自圓其說為了保存學校的聲譽，絕對不能讓學生跳樓事件被傳媒廣泛報導，只會召喚『聖約翰救傷隊』，拖延了救治秋羽的時間，當你接到梅秋雨重傷不治，你如釋重負。你利用特區政府教育局編定《學校行政手冊》的指引把秋羽送進陰曹地府，掩飾你強姦幼女的罪行，你這個偽君子真無恥，你污辱了秋羽，見死不救，還設計害死她，是你逼迫她跳舞，是你害她跳樓，你是殺死秋羽的原凶。你還配做人嗎？」

「你在誣衊我，來人呀，來人呀，快點報警。」

「好的，快點叫警察來，讓所有人知道你這個卑鄙小人的惡行。」

「證人全部已死，你沒有真憑實據，一切全都是你臆測。」

「我已經通知警方到你家扣押你的電腦。」

「你這個臭婊子。」

「校長，你是斯文人，不，你是斯文敗類，衣冠禽獸，髒頭髒腦就是你的本性。」

「你……。」

步如嫣冷靜地說完，頭也不回匆匆離開校長室。

「你的臉色蒼白，比進去前更難看。」白揚看著她淚潸然。

「白揚，剛才我傳即時通訊叫你申請搜查令，立即到曾尚崙家裡扣押他的電腦，辦妥了沒有？」她若斷若續地嗚咽。

「同事已經向法庭申請搜查令，可能要多一點時間。」白揚盡量柔聲。

「可能來不及了。裡面儲存了許多張兒童色情照片。」步沒精打采。

「嘩，他是老師。」

「回去吧。」步嘆氣。

「Yes,madam。」白揚盡力給她打氣。

步如嫣向上司報告，他指出推理綿密，證據薄弱，但也下令全力搜查證據。

步下班回家換過運動服到公園跑步，她忘我地奔跑，大汗淋漓，直到腦袋釋放腦內啡，心情才好過一點，看了一下時間，掉頭跑向另一個方向。

「法蘭西斯，你好。」步如嫣敲了兩下辦公室門。

「進來坐。」

「你看來有點病懨懨。」
「不知道是否中午在大太陽下跑了半天，覺得身體發熱、噁心、軟趴趴。」
「你可能感冒。」
「沒那麼嚴重，這幾天早上都是這種狀況。秋羽的案件怎樣？」
步如嫣沉吟了半晌。
「秋羽是自殺，但是案情有點複雜，導火線是她媽媽逼迫她在網路跳舞，我只可以透露這麼多。」
「我明白。麗明也知道了秋羽死去，我在研究如何開導她。」
「你真細心。」
「我只用對待自己的心對待別人，孩子很敏感，尤其是麗明，我怕她受影響。」他抹了一下鼻子。
「我剛跑完步有點臭，想借用你們青少年中心的更衣室沖澡。」
「不是啦。青少年中心是公共地方，請自便。」
步如嫣沖澡回來，麗明淚眼汪汪，步連忙帶上門坐下。
「我知道秋羽被她媽媽強迫在網上直播跳舞，她受不了，從天台跳下來。」
「你怎知道？」
「步姊姊，我看見曾佳民一臉悲傷從會議室走出來，我追問了他，他告訴我在網上看過秋羽穿得超性感跳舞，我將事件串聯起來，恍然大悟。為什麼你們大人要傷害孩子？」
「秋羽去世我們也很難過，你失去了好朋友，你也受苦了。」

「她是我最好的朋友，我們同病相憐，沒有家庭溫暖，我們互相勉勵扶持，約好了一起中學畢業，一起長大成人，做一世好朋友，為什麼她會那麼傻？要是她知道我的遭遇，她一定會珍惜自己。」

「既然事實不可挽回，你也要堅持下去，把秋羽那一份也努力完成，即使跌倒，姿勢也是瀟灑，讓秋羽知道你遵守承諾好好過日子。」

「大人生了孩子，為什麼又不愛惜他們？」

「總有一些父母，為了自己，忘記愛孩子，又有一些父母不知道怎樣愛孩子，如果父母行為不對，孩子也不必盲目跟從。」

「但是父母就是孩子的一切，他們怎樣對待孩子，孩子也無力反抗，只能默默承受，不過孩子會永遠記著大人的所作所為，像一顆種子埋在闇黑的心田裡，等待時機發芽成長。」

「麗明，不要被仇恨枷鎖自己，那樣你會成為它的奴隸，永遠不快樂。」

「法蘭西斯叔叔，你是我尊敬的人，我會聽你的話，盡力做到最好。」

「那才是好孩子。」

法蘭西斯說完後，突然想吐，急忙跑到廁所去。

「法蘭西斯叔叔生病嗎？」

「可能他今天太疲累。麗明，加油啊，幸好有法蘭西斯幫你。」

「謝謝你，我覺得法蘭西斯叔叔好像爸爸，又像媽媽。」

「是啊，法蘭西斯有時感性得像個女子。」步如嫣想了一下說。

石棺材

1.

第二天步如嫣和下屬開會。

「根據麥好的證詞，上星期四下午兩點二十分她和秋羽抵達高志康家時，在樓梯碰見一個印度女人，她的證詞跟房客的證詞吻合，這個女人就是跟高志康吵架的女人，她未必是印度女人，可能是和高志康有過霧水情緣的尼泊爾女人，『劉伶吧』服務生美美的證詞指有一個尼泊爾女人經常在酒吧向男人勾搭，羅美蓮曾經見過高志康帶女人回家，我們要找出這個女人。」

「麥好的證詞證明這個女人離開時高志康是好端端，為什麼還要找這個女人，這個異國女子不是凶手。」

「這個女人和高志康曾經吵架，為什麼他們會吵架？其中可能隱藏了重要線索。這個女人是第一個到，第二個到是麥好，她跟秋羽兩點五十分離去，當時高志康將一人份的薄餅放進烤箱，還拎起保險文件閱讀，證明他在等第三個人到。」

「那麼第三個人會是什麼人？」

「高志康拎起保險文件閱讀，那個人最有可能是他的保險業務，但是也要調查他的朋友，學生的父母，還有上次有另一組的同事去偵訊高志康，案件也是一件風化案，我們要向他們索取案件的資料。」

「要是沒有這個人，那又怎樣？」

「要是沒有這個人，我們有三個嫌疑犯，麥好、羅美蓮、呂玉珊，但是不可能沒有這個人，嫌疑犯就是她、羅美蓮、呂玉珊。」

「步督察，還有一個可能是意外身亡，高志康吃了安眠藥，他患了睡眠呼吸中止症，被大枕頭搗著臉睡覺，窒息而死。」

「那會是其中一個可能嗎？好了，彪叔去偵查高志康的朋友、學生的父母和聯絡另一組同事索取資料，我和白揚去偵查第一個女人和高志康的保險業務。」

步如嫣和白揚經過小公園，來到大水渠邊的『劉伶吧』，酒吧已經營業，正在準備午餐的餐點。

「我們找美美。」白揚對吧檯員工說。

「美美，那個帥哥又特地來找你。」

「誰找我？」

步如嫣看傻了眼，一個健碩、粗魯、長相有點凶的歐巴桑扭頭回答。

「那就是你編派給我的劇本。」

「原來又是你，警察哥哥。咦，這個靚女是你的下屬？」

「不，她是步督察。」

「美美，我們想知道高志康搭訕那個女人。」

「我上次已經跟你的帥哥說她是個尼泊爾女人，經常在酒吧遊蕩，央求男客人請她喝酒，我不知她的名字。」

「有沒有她的照片？」

「沒有啦，又不是男人。」

「其他客人認識她嗎？」

「你自己去問他們吧，那個尼泊爾女人通常下午快樂時光會來，我們酒吧的歡樂時光是下午四點到七點，各類酒水、小菜半價，歡迎光臨惠顧。」

「你好像媽媽桑。」白揚揶揄她。

「你提起媽媽，我倒想起一件事情。」美美側著頭看白揚。

「什麼事情？」

「她有時會跟一名老婦人和南亞小孩見面，那老婦經常催促小孩叫她媽媽，小孩卻鬧彆扭，不肯開口叫她。」

「那名老婦是否她的媽媽？」

「我看不是啦，老婦是正宗的廣東人。」

「怎樣才找到那個老婦？」

「呢，就是那個。」美美指著店外面一個老人家。

那個婦人看見有人指著她，邁步走入酒吧對美美問：
「靚女，你是不是看見阿文？」
「你要找阿文，向他們求助吧，他們是警察。」
老婦以詢問的目光看著步如嫣。
「阿姨，我在青少年中心見過你，你是不是那個尼泊爾小孩Aimane的親戚？」
三人移師到大水渠邊的桌子傾談，點過餐，隔著大水渠對面的小公園傳來孩子快樂的笑聲，公園後面是平緩而上的小山丘，長著一叢叢高過人頭的芒草林。
「我跟阿文沒有親戚關係。」老婦開誠佈公。
「哦。你叫什麼名字？」
「我叫阿笑。」
「笑姨，但是我聽過阿文叫你做媽媽。」
「我不是他親媽媽，是他的契媽。」
「那麼阿文的媽媽是誰？」
「她叫Ana，中文名叫安娜。」
「Ana是否尼泊爾人？」
「是的，Ana的父母是尼泊爾人，爸爸是啹喀兵，八十年代駐港英軍，香港回歸後沒有跟英國人離去，歸化做香港人，安娜是八十後出生，能講能聽廣東話，但是看不懂及不會寫中文，學業也跟不上，念完高三輟學，整天宅在家裡遊手好閒，每一份工做不了三天就嫌辛苦辭職不做，一心做啃老族，兩老死後她仍然住在公共房屋，她十分喜愛喝酒，不知道有無嗑藥？跟過好幾個男人，阿文是她和一個滯留香港申請政治庇護的難民同居所生，後來她用單親母親的名義申請公共援助金過活。」

「你怎樣跟她認識？」

「我跟她在一個園遊會偶然相遇，她帶著仍在襁褓的阿文坐在一角玩手機，阿文哭得很厲害她也沒反應，我看不過眼便抱起阿文餵他喝水，阿文立即不哭了，對著我嘻嘻笑，我想是緣分吧，就認了阿文做乾兒子，還說要抱他回我家扶養，她一副無所謂的模樣，一點也不在乎，說好一個星期來探望阿文一次。」

「阿文為什麼會走丟了？」

「昨天下午三點安娜來看阿文，我讓他們出去，後來到了晚上八點還未見她送阿文回來，打電話給她得知她見過阿文無話可說，便到街機店打電玩，任由阿文到處遊蕩，及後逕自回家。我責罵她為什麼阿文遺失了，她還懶洋洋，漠不關心說遺失就遺失囉，他肚子餓就會回家。為什麼上天會讓這種垃圾做父母？」

「阿文不見了，你有沒有報案？」

「我立刻連夜跑去報案，提供了阿文的資料及繳交相片後，警方並沒有派人去尋找他，只叫我回家等消息，這樣怎能找到阿文？」

「警方尋找失蹤人士有既定的程序，是通過網路傳送資料，通知各個單位找尋他們。」

「阿文會不會被人拐走了？」

「阿文是尼泊爾小孩的長相，大陸人販子看不上眼，不過，可能是阿文的爸爸拐走他，兩位，請幫忙找回阿文。」

「步督察，我們要先找安娜。」

「安娜掛斷了電話，接不通。我們先去找阿文的爸爸，要是找到阿文，再回酒吧街找安娜也不遲，這裡一定會找到她。」

「可是阿文不一定被他爸爸拐走。」

「不去看一下怎會知道？」

「你先打電話過去。」

「那會打草驚蛇。」

「好吧。」步想了一下。

白揚平穩地握著方向盤，追風逐電在高速公路飛馳，大約半小時來到新界鄉郊，車子轉入一條公路，走了一會再左轉入一條小路，笑姨指示白揚在幾個貨櫃箱旁邊停下來，貨櫃箱外面擺放了煮食器具、鋅盤和水龍頭，附近還有晒衣架，有個外藉女人聽到聲音，打開門看了一眼立即把門關上，步如嫣和白揚跟著笑姨，經過了貨櫃箱往山裡走。

「阿文的爸爸不是住在貨櫃箱嗎？」

「他那有錢住在這裡。」

「阿文的爸爸叫什麼名字。」
「他叫彼得。」
「他怎會滯留香港？」
「等會你自己問他，我只想找回阿文。」
他們來到一處農田，旁邊有兩列像豬棚的建築物，但是天花和四邊圍上纖維板，搭建成簡陋的屋子，間隔成大約二十間劏房。
「這些就是聞名不如見面的豬棚屋，有水有電供應，聽說租金每一平方公尺要港幣二百元。」白揚細仔觀看評論。
「都是非法違建。」
「這些新界地主土豪有法律團隊做後盾，總有方法鑽漏洞。」
「就是這一間。」笑姨敲著門。
房門打開，一名長相英俊但是面容憔悴的男子走出來問：
「你們找誰？」
「我們是警察，你是彼得？」
「我沒有做黑工，你們不能抓我。」
「我們來找阿文。」
「那個阿文？啊，那個小朋友。」

「那個小朋友是你的兒子。」

「你們要不要進來坐？」

男子拉開門請他們進去，房子只有十五平方公尺，床、櫃子和書桌已占了許多地方，只剩下很少活動空間，三人擠在一起坐，男子坐在床上懶洋洋地說：

「我沒有帶走阿文。」

「可以看得到。你怎樣認識安娜？」

「那時我剛流亡到香港，在酒吧認識了安娜，同居了幾個月便分開，我並不知道她有了身孕，後來笑姨帶阿文來見我，才知道他是我兒子。」

「阿文多次追問我他爸爸是誰，懇求我帶他來見你。」笑姨忙著解釋。

「你們的感情好不好？」

「我自顧不暇，一年沒見幾次面，沒有時間跟他培養感情。」

「你為什麼來到香港？」

「我在本國受到宗教及政治立場的迫害，流落這裡異地，法例限制不能工作，做黑工是刑事罪行，被抓到會取消我的庇護申請及遣返本國，我只能領取微薄的津貼，無了期等待虛無飄渺的庇護結果，心裡無比焦慮。」

「許多南亞人利用這個漏洞，假裝受到迫害，申請政治庇護，偷渡來香港做黑工賺錢，香港政府才會在二〇〇九年立法杜絕混水摸魚的鼠輩，你們殃及池魚。」

「我們要的是生活，不單止是生存。我們不是要金錢或其他幫助，只想要一個新的開始，在這六年多的等待歲月，我的理想和壯志已經被磨蝕，只想找到一個能夠安身立命之所，可是這裡的制度和政策延誤了審批時間，將我們隔絕於社會，強迫我們無所事事變成廢人，虛度時光，我們是一群畸零人，存在有什麼意義？」

「你不能怪我們，我們也有許多問題。」

「我明白，是本地政府對我們的處境視若無睹，他們沒有貫徹履行《國際人權公約》的責任，保障受政治迫害逃離本國人士的權利，部分政客和傳媒為自身的利益加入抹黑行動，指責我們霸占社會資源，助長社會人士歧視我們，還強調要遣送難民到大陸安置，政府藉此逃避了他們道義的責任。你知道嘛，這地方正被慢慢侵蝕同流合污，徐徐沉淪，不再亮麗耀眼。」

「你說得太沉重了，令人難受，打擾了，再見。」

「再見，慢走。」

眾人準備離開，步如嫣扭頭問：

「你們如何過活？」

彼得愕然，啞口無言。

「我以旁觀者好奇地問。」

「有時我會在一些機構做義工，他們供應兩餐膳食，其他人要是在本國有家累就會冒險做黑工、男女公關，更有許多亡命之徒會鋌而走險做非法勾當，詳細情形我不知道。」

2.

他們回到酒吧街已經四點多，氣氛漸次熱鬧，他們來回走了兩次也找不到安娜。

「她去了那裡？」笑姨急得跺腳。

「你傳她一個即時通訊吧。」

「我不懂得寫英文。」

白揚快速在笑姨的手機寫上句子傳過去，不一會就收到回覆：

『我在中山市泡溫泉。』還付上兩個笑臉表情符號。

『阿文不見了。』

『你是他的教母。』

笑姨氣得發抖，說不出話，步如嫣當機立斷在手機上寫：

『我們是警察，你最快何時回來？』

『明天下午吧，我們訂住了房間。』

『明天下午四點我們在酒吧街劉伶吧見。』

『好吧，慘了，要提早回去咯。』加上一個哭臉表情符號。

笑姨拭淚，步如嫣握著她的手在『劉伶吧』找個位子坐下。

「這個不負責任、無恥的垃圾……。」

「領取補助金度日的人真的快活逍遙，隨時隨地放下一切去旅行，不用使出半分力氣，政府就會每月按時付款錢給他們，我們中層人士最可憐，時刻為生活操心。」白揚長嗟短嘆。

「那是一小撮人的劣行，不要一竿子打翻一船人，補助金是社會的安全網，許多領補助金的人都是潔身自愛，努力向上。」

「步督察你好老梗。下一步怎麼辦？」

「我們分析一下，阿文六歲，又是尼泊爾小孩模樣，被人拐走的機會很低，阿文的爸爸沒有帶走他，我們要在他日常生活去推想，阿文每天的活動怎樣？」

「阿文上的小學是半日制，今年唸一年班，八點鐘上課，下午一點下課，我每天大約七點半送他到學校，下午接他放學，有時帶午餐盒在學校吃，或者到快餐店，用過午餐後就帶他到青少年中心做功課，那裡有導師免費補習，之後會留在青少年中心玩樂，或者到對面的小公園和其他小朋友捉迷藏玩樂，青少年中心離這裡大約是十五分鐘路程。」

「他日常到的地方就是家裡、學校、青少年中心和這裡的小公園，全程你都跟他在一起。」

「是的，除了昨天，步督察，阿文已經失蹤超過二十四小時了。」

「他在學校有沒有受到欺凌？」

「沒有啊，他念書的小學是寥寥無幾的學校會錄取少數族裔學生，他每天都是歡歡喜喜上課。」

「阿文有沒有手機？臉書帳戶？」

「有，不過他的手機接不通，那枚手機只有基本功能，只能打出和接聽電話，不能上網。他有臉書帳戶，我也有他的密碼，我會時常瀏覽他的臉書內容，怕他受壞人影響。」

「既然他的手機不能登入臉書，他在那裡操作？」

「我家沒有電腦，他借用青少年中心那些電腦。」

「白揚，等一會你跟笑姨到對面的小公園問孩子昨天有沒有見過阿文，跟著到青少年中心，登入阿文的臉書帳戶，發放阿文失蹤的消息，問他的朋友有沒有見過阿文，然後笑姨回家等候，我們警察工作。」

「這樣有用嗎？步督察。」

「引蛇出洞。」

「是守株待兔。」

「白警長，不要跟步督察抬槓啦。」

「哪你去那？」

「我去調查高志康命案。」

步如嫣來到××保險公司，秀給接待員看她的證件，道明要見負責人，接待員帶她到一個小型的會議室，不一會一名西裝筆挺、頂上無毛的歐吉桑拿著筆記電腦進來，寒暄過後。

「步督察，有什麼能夠幫忙？」

「丁先生，我想找那你們那一位負責高志康保險事宜的同事。」

「請等一下。」丁先生飛快地點按鍵盤。

「那一位同事叫吳懿珩。」

「我可以跟她見面嗎？」

「我恐怕不能。」

「為什麼？」

「她今天下午下班了。」

「她病了？」

「不是，她是自僱保險業務，不是公司的正式職員，上下班時間比較自由。」

「她的工作表現怎樣？」

「她一年前加入本公司。保險業務是一個很殘酷的行業，不計年資只論業績，業界每年有甚多人加入，但是退出去更多，打個誇張的譬喻，要是每年有一百人加入，就有一百一十人退出。」

「明白，可否給我吳小姐的個人資料和履歷表？」

「請等一會。」

丁先生很快列印好文件。

「謝謝你，再見。」

步如嫣在大廈大堂找了一個位置閱讀吳懿珩的履歷，正讀到她是單身時，她的手機不停震動，她接收了即時通訊，是彪叔傳給她另一組同事調查風化非禮案的資料，上頭寫著報案人吳懿珩，受害人陸家俊，證詞只有提告人單方面的懷疑陳述，沒有其他證據。步如嫣心念一動，連忙傳一個即時通訊給法蘭西斯：

『俊俊媽媽的名字是否叫吳懿珩？』

『是的，你怎知道？』

『她是證人。遲一點找你，再見。』

步如嫣聯絡白揚回警局會合。

「我問過公園的孩子們，有些不認識阿文，其他說昨天沒見過他。我們到青少年中心用阿文的臉書帳戶發放了阿文失蹤二十四小時，立刻收到阿文群組成員的回覆。」

「怎樣的回覆？」

「少數是文字，大多是符號表情，表示驚訝、關心、沮喪。」

「有沒有奇怪的回覆？」

「阿文的群組有十五人，有十三人回覆，其中兩個很特別，一個叫小倉鼠的回覆是貼上了十分驚嚇怪臉符號，一個叫街頭英雄發放阿文被獵豹叼走，兩個組員沒有回覆。」

「很有趣，我想看街頭英雄的回覆。」

白揚秀給她看手機，那是一幅圖畫，一個了無生氣的火柴人被一隻威猛的獵豹咬住頸項，遠景是小山，後面有芒草叢，火柴人下面寫著Aimane。

「我們要調查這四個例外的組員，你到電訊公司調查小倉鼠和街頭英雄的電腦ＩＰ地址，再上阿文的臉書帳戶，發放『請救我』的消息給那兩個沒有回覆的組員。」

「咦，那兩個沒有回覆的組員貼在臉書的照片是小飛俠和孫悟空，網名也一樣，小倉鼠是小倉鼠，街頭英雄是蜘蛛人。步督察，為什麼只是調查這四人？」

「這是日常推理，阿文群組的成員都是小孩子，孩子的心靈很純潔，反應也很直接，喜怒形於色，十一個組員的反應很正常，只有小倉鼠貼上驚嚇的怪臉，表示他見到一些場景跟阿文失蹤有關係，街頭英雄的圖畫乍看好像有人強行擄走阿文，如果是這樣，他應該畫一個大火柴人拉走小柴人，再細心分析，他自稱街頭英雄，照片是蜘蛛人，他一定自命不凡是英雄，替天行道，掃除任何他認為的邪惡力量，那一隻獵豹是他自我反射，是他叼走了阿文，他的動機嘛？我想是跟小飛俠和孫悟空有關，事件只要查到小倉鼠和街頭英雄的電腦ＩＰ地址，就能夠上門拉人破案。」

「我趕快聯絡電訊公司和兩名未回覆的小孩。」

第二天早上步如嫣回到警局，白揚向她報告。

「小飛俠和孫悟空仍然沒有回覆，小蒼鼠的電腦ＩＰ地址在青少年中心，街頭英雄的電腦ＩＰ地址在一間網咖。」

「我們先到那一間網咖。」

「是在青少年中心附近。」

步如嫣三人到達網咖，它位於一棟大廈的二樓，一樓是電玩遊戲機店鋪，門口坐著一個圓臉高大、挺著大肚腩的尼泊爾少年，對著一個幼童齜牙咧嘴，發出如狼嗥的聲音，不停地抖腳，握著拳頭捶打背包，發出呼呼聲響，嚇得幼童大哭。

「你這個壞小鬼，為什麼弄哭我的孫子？」一個老婦跑過來護著小孩。

「什麼小鬼？我是無所不能的蜘蛛人。」尼泊爾少年握著拳頭站起來，俯視老人家。

「你以大欺小，想揍我？救命呀，小混混打人。」老婦抱起幼童邊走邊叫。

「死老鬼，算你跑得快。」

步如嫣暗中用手機拍下少年，然後爬上二樓，網咖剛開門，那是一個只有十餘台電腦的小店，房東是個瘦削的歐吉桑，他們表明身分，說要找那一台特定ＩＰ的電腦，歐吉桑從抽屜拿出平面圖看了一會指著牆角一台電腦。

「昨天晚上八點至九點有什麼人用過那一台電腦？」

「我的收銀櫃檯恰巧被一根柱子擋住，看不到那一台電腦，別說八點到九點，就算整天也看不到什麼人用過那台電腦。」

「明白，有沒有看過這個少年？」步如嫣撥動手機螢幕，秀出剛才那個尼泊爾少年。

「他有時會來，還會和兩個尼泊爾小孩一起。」

「我們想在這裡監視。」

「沒問題，你們扮作顧客吧，不過要換些代幣投入電腦才能上網。」

步如嫣三人退到一角討論。

「這裡是街頭英雄上網的地方，你倆在這裡守著，大約在下午一點三十分用阿文的臉書帳戶發放已經找回阿文的消息。」

「為什麼要在一點三十分？」

「我推想小飛俠、孫悟空和街頭英雄下午一點放學後會到這來查看臉書，要是太早發放消息，他們也許從其他組員知道，不會來這裡。當你們看到他們時不要行動，要跟著他們去那裡，同時通知我。」

「為什麼不要行動？」

「他們不相信阿文被人救走，會去收藏阿文的地方查看，他們會帶我們找到阿文。」

「引蛇出動，希望你的推測正確。你去哪？」

「我去找小倉鼠。」

「小倉鼠還未下課。」

「還有詢問法蘭西斯關於吳懿珩的資料。」

「步督察因利成便。」

「是公事需要。」

步如嫣回到街上，向右走是小公園，她轉左走了幾分鐘，經過一個越來愈少見的公共電話亭，再走幾分鐘來到青少年中心，看到法蘭西斯啃著麵包埋頭苦幹。

「你在幹嘛？」

「你最不想知道的事情。」

「又是那些真實的記錄？」

「二〇一四年九月二十八至二十九日警方擲下催淚彈在中環金鐘清場後，陸續在銅鑼灣和旺角清場，十一月二十四日有網友在網上號召到旺角『購物行動』，其實只是漫無目的走來走去，變相是一種靜默的示威。警方調派警員驅趕行人，警司朱經緯揮舞警棍拍打經過他行人的後頸及背脊，傳媒及途人拍攝朱某用警棍拍打行人的全部過程，上傳到網路及youtube，社會譁然，還透露朱某自辯警棍是手臂的延伸，過二天有受害者召開記者會，首先表明不會提供自己的名字，聲明表示『我們不會報警，因為我們經常要到大陸工作，害怕警方將我們的名字交給大陸有關方面，將我們列入黑名單，永遠禁止進入大陸，影響生計。』一名苦主昂然報警，可是案子被擱下，過了兩年多，政府仍未提告朱經緯。」

「警方有什麼回應？」

「沒有回應。回歸後香港警方號稱是政治中立，但是現在已經變了質，成為權力的工具。這裡我只是過客，但也感到無言、無力、無奈，這個城市正步向死亡，時代選擇了香港。」

「我們不要談傷感的事情。我還要向你打聽吳懿珩的背景。」

「她是證人還是嫌疑犯？」

「她是你女朋友？」

「你想到那裡去？」

「她為什麼會離婚？」

「她的遭遇是從古到今的老套故事，痴心女子負心漢。俊俊三歲時她老公在職場上跟女下屬有染，被她發現，兩人吵得雞犬不寧，她老公狠下了心腸要求分居，以免兩個女人同時傷心，她沒有立刻答應，拖沓了近一年，最近才離婚。」

「她的心情怎樣？」
「失婚當然難受咯，間或她會撂下俊俊在家，獨自到外面尋歡作樂。」
「她找保母看護俊俊？」
「有時候她會找朋友幫忙，偶爾晚上她給俊俊吃安眠藥讓他睡到天亮，然後溜到附近酒吧買醉，我知道的也有好幾次，她說心情不好，壓力太大，最近她大白天也給他吃安眠藥，推說俊俊鬧得太厲害，她應付不了，其實俊俊是個乖孩子，前些時她放俊俊在這裡，青少年中心關門前接走他。」
「就如上次你帶俊俊和其他小朋疫打流感疫苗針。你明知她做錯事，還要姑息縱容她，讓她一直錯下去。」
「她一個女人帶著孩子十分淒涼，當初她不顧娘家反對，執意跟前夫結婚，與娘家吵翻了，關係惡劣，現在也掛不住面子向娘家求助。我只是局外人社工，只能勸解，不能責難，令她反感，斷捨離我們，到時欲助無從，難以收拾。」
「你不是女生，卻很懂得女生。」
「我有兩個姊姊和媽媽，三個女人一台戲，再加上我也多話，爸爸常說他受不了那麼多女生整天嘰嘰喳喳。」
「我還有一件事要辦，我找小倉鼠。」
「小倉鼠？」
「一個孩子的網路暱稱，他用這裡的電腦登入臉書。」

「你請便。」

步如嫣去到電腦室，四台電腦也坐著一個小孩，她走了一圈，看見其中一個小女孩的電腦螢幕正在播放兩隻倉鼠在籠裡轉輪奔跑的影片。

「你的小倉鼠很活潑有趣啊。」

「我飼養半年了。姊姊，您好啊。」

「你很可愛，你叫什麼名字。」

「我叫小玲，阿文叫我小倉鼠，他們都笑我醜八怪，不跟我玩，只有阿文跟我玩。」

「那兩隻倉鼠是阿文送給你的？」

「是的。不過阿文不見了，臉書說阿文回來了，可是他還沒有到這裡來。」

「這個是不是阿文？」步開啟手機給她看阿文的照片。

「是的。」

「這兩天你有沒有見過阿文？」

「前天我見過他，本來想走過去跟他玩，但是他跟一個尼仔在吵架，我很害怕那個尼仔，因為他曾經打過我，所以我跑開了。」

「是不是這個尼仔？」步秀給她看那個肥大的尼泊爾少年。

「不是啦。」

「你在那裡看見阿文？」

「大溝渠旁邊那個小公園。」

步如嫣急忙點按手機，接通後說：

「白揚，你立即到小公園看那個肥大的尼泊爾少年是否在那裡？彪叔留守及召喚支援人員到小公園，我現在過去那邊。」

「發生什麼事情？姊姊。」

步如嫣吻了她的臉頰。

「謝謝你，我們很快就找到阿文跟你玩樂。」

3.

步如嫣奔跑到小公園跟白揚會合，剛才那個肥胖少年和兩個尼泊爾小孩交頭接耳，跟著他們穿過草地走到後面的芒草叢，繞著芒草叢走來走去，步兩人監視他們，看著他們走上山，來到大水渠邊，旁邊有一道去水坑，其中一段壓上大石，他們在大石徘徊，跳上跳下，跟著三人哈哈大笑，滿意地離去。

「我們是警察，不要動。」步和白跑出來叫喊。

「你們是警察？我才不信，你們有槍嗎？」肥胖少年態度輕挑。

「你們捉了阿文，把他收藏在那裡？」

「原來你們是那個兔崽子的同黨，讓我教訓你。」

那少年揮拳直打步如嫣，步閃開他的拳頭，霎間用左手握著他的右手腕，右腳卡在他的右腳後面，右手在他的胸口一推，使用了柔道招式將他推倒在地上，其餘兩個尼仔見狀，立即逃跑，白揚嚷著不要逃跑，追趕他們，兩個尼仔被支援的警察捉住，不斷掙扎，其中一個高聲叫嚷。

「阿文壞透了，他對我講髒話詆毀我媽媽。」

警察強行抱他們上警車。

「你就是街頭英雄。」步將他的右手反扣在他的背脊。

「是又怎樣？」

「你把阿文收藏在那裡？」

「我不知道那個阿文。」

「你不要否認了，你那一張獵豹叼著火柴人的圖畫透露你捉了阿文。」

「你是警察，那麼厲害，自己去找吧。」

步如嫣把他交給其他人，看了看芒草旁邊的泥土後，走到那塊大石頭端詳了一回。

「你們把他埋在石頭壓著這一段去水渠下面，你這個陰毒的臭小子，阿文沒吃沒喝快要五十小時了，要是阿文死了，你一定要坐牢。」

「我只有十五歲，是個小孩子，有免責權。」少年仍然口硬。

「那是謬誤，十三歲以上的兒童殺了人，也會如成人一樣被被控定罪，刑罰也相同，沒有例外，你死定。」

少年聽了臉如死灰。

步如嫣命人搬開大石頭，抽起水泥板，果然看見阿文小小的身軀被塞在裡面，宛若躺臥在石棺材，眼睛被布蒙著，嘴巴和腳踝用繩綁緊，雙手反鎖在背後，面無血色，身上有多處紅腫青瘀，奄奄待斃，步如嫣按他鼻孔，感到還有一絲氣息，趕忙抱他出來，解去束縛，擁抱他輕輕說：

「阿文，沒事了，我們去醫院。」

「嗯。」

「白揚，你通知笑姨到醫院，之後留守在這裡等候安娜，帶她過來。」

醫生檢驗阿文的身體說沒有大礙，只是缺水和有點虛弱。阿文打了點滴，進食流質食物，恢復了一點精神，醫生吩咐阿文留院一天觀察。

「阿文你已經被活埋五十小時也沒事，真是大命，幸好步督察能幹才找到你。明天回家我煮大餐給你補一下，你想吃什麼？」

「媽媽煮什麼我都愛吃。」

「阿文，他們為什麼關起你？尼仔投訴你對他說髒話。」

「嗄……。」阿文低頭看著棉被。

「這種糗事，晚點再說吧。」笑姨向步打了一個眼色。

「他們怎樣騙你到小公園？」步仍然追問。

「你們叫孫悟空找我，騙我請我吃巧克力，跟他到小公園，他們三個強拉我到芒草叢拳打腳踢，他們說我對小飛俠說髒話，我再三向小飛俠道歉，他們就是不聽，搶去我的手機，街頭英雄提議把我綑綁，封起嘴巴，埋在去水渠裡好好教訓我。」

「你這個被寵壞的小鬼，小小年紀，那裡學來髒話？還用來罵人，活該給人教訓，裝進石棺材。」一個三十多歲的尼泊爾女人怒氣沖沖跑進來臭罵阿文。

「女士，請問你是誰？」

「我是安娜，阿文的媽媽。」

「安娜，阿文年紀還小，要慢慢教導。」笑姨低聲下氣勸說。

「都是你不好，我將阿文交給你，你是他的乾媽，你竟然養而不教，讓他學壞變了一個只會說髒話、做壞事的不良少年。」

「你不要罵媽媽，你才是壞蛋，你才是壞女人。我說髒話罵小飛俠，因為他到處跟人說你是個爛婊子、臭婊子，隨隨便便跟男人睡覺，我聽了很氣憤，說你不是爛婊子、臭婊子，他聽了更加得意洋洋，嘲笑我是爛婊子、臭婊子所生的野種，我明明有爸爸不是野種，氣極了才用相同的說話回罵他。」阿文哭哭啼啼地說著。

安娜愣住了。

「你從來不理會我，不愛護我，不是我媽媽，我不想見到你，永遠也不想見到你。」阿文嗚咽，淚流不止。

笑姨摟著阿文安慰他，步如嫣拉著安娜到外面的登記廳坐下，安娜怔怔呆坐著，不發一言，步也不催促，陪她默默地一起坐，白揚拿出筆記電腦，忙著輸入資料。

良久，安娜站起來落漠地說：

「謝了，我先走。」

「請留步，你是否認識高志康？」

「認識。」

「你上星期四到他的家有什麼事情？」

安娜抬起眼看著步如嫣輕輕說：

「我上去找他晦氣，怒罵他將花柳性病傳染給我，他反指責是我傳染他，於是吵起架來。但是現在什麼也無所謂。」

安娜說完，沮喪地拖著疲累的身軀消失在樓梯的暗角裡。

「悲劇是她一手做成。」

「沒有死人，不是悲劇，她還有悠悠歲月彌補母子的關係。」

「步督察真愛反高潮。」

「也沒什麼啦，她的人生只要能滿足動物的本能便能過活，不會想到更高的層次。」

步如嫣想起秋羽、麗明。

第二天步如嫣回到警局問白揚：

「上次在高志康家裡不是有一張皮膚科醫生的複診單嗎？」

「那是證物之一。為什麼要找這個皮膚專科醫生？」

「你不是扮純情，就是白痴。」

「步督察，你好討厭，每次都扮高深莫測，找機會酸我。」

「那就多點用腦袋吧。」

「你怎樣想到小公園才是破案的關鍵？主謀是那個尼泊爾小胖子？」白揚又禁不住好奇。

「那一幅圖畫透露了玄機，當時我沒有察覺，直到小玲告訴我阿文在小公園跟孫悟空見面，圖畫上面獵豹叼著火柴人的背景是芒草叢，場景與小公園後面的環境吻合，證明擄人綁架在小公園發生，但是沒有人看見他們拉扯阿文離去，那麼藏匿阿文的地點就在小公園附近，所以我叫你立即到小公園監視他們。至於為什麼是那個尼泊爾小胖子？那張獵豹叼人圖用英文寫著Aimane，證明那人不懂寫中文，還有他在網咖外面恐嚇幼童，自稱蜘蛛人，跟他貼在臉書的圖片是一樣，也清楚表現他街頭混混的性格，我以此判斷他跟案件有關。」

「不過步督察還是看漏眼耶，到最後關頭才想到小公園，讓我們浪費時間待在網咖埋伏，這是我用腦袋的結果。」

「少神氣，我們去找那個皮膚科醫生。」

他們來到診所，向護士表明身分，道明來意，等了一會醫生邀他們入內，迎接他們是一個長相端莊的女子。

「林醫生，你好。」

「想不到是個女醫生。」

「兩位，有什麼可以效勞？」

「你有沒有一個病人叫高志康？」

「讓我看看。」林醫生飛快按著鍵盤，不一會回答。

「有。」

「他患了什麼病？」

「淋病。」

「淋病？如何傳染？」

「淋病是經由性接觸傳播，它的傳染性很強，潛伏期卻很短，大約一週內發病，病發初期男性患者的尿道口有黃白色膿狀分泌物，排尿或小便感到灼熱刺痛，女性患者有白帶，大部分毫無病徵，到發覺時病情已經很嚴重。高志康也是到了後期才來看病，病毒已經引起併發症前列線炎、精囊炎和睪丸炎。」

「如何治療淋病？」

「淋病的治療方法主要服用抗生素或抗生素注射。」

「當他知道自己有性病，有什麼反應？」

「他知道後非常憤怒，罵了一句『bitch』。」

「他什麼時候來看病？」

「兩個多月前。」

「他的病情進展如何？」

「病情已經受到控制，下一次他來複診就是清除體內的病毒。」

「愛滋病有群組感染，淋病有沒有呢？」

「有一些愛滋病人的病毒基因核子排列非常相似，只有不多於百分之二的分別，這些病人帶有群組感染的相互關係，而且傳播是在短時間內交叉發生。至於淋病也是用病毒基因排列測試，只要是病毒基因相同，就證明雙方曾經有性接觸。」

「謝謝你。」

「嗨，高志康發生了什麼事情？」

「報紙也有報導，他在家裡被殺了。」

「他得了風流病，你們懷疑是情殺？」

「林醫生很好奇啊。」

「我也是普通老百姓嘛。」

殺嬰

1.

吳懿珩接到白揚的電話感到很意外，他約她到另外一間警局見面，為的是那一起案件？當初不是已經交代得很清楚嗎，還要問什麼？她深鎖眉頭，掃描衣櫃裡的服裝，考慮怎樣穿著才合適，最後決定還是上班服較為正式。

步如嫣看著白揚領著一個女子進來，三十一、二年紀，中等身量，體型偏瘦，頭髮向內彎齊肩，剛好挽救了兩邊陷下去的臉頰，稀疏眉描上青黛色，略呈三角形的單眼皮眼睛，尖削鼻梁的旁邊有一顆小痣，緊抿嘴唇，抹上玫瑰色口紅，身穿黑色洋裝配長褲，挽著一個翠綠包包。

「吳小姐，你好，我是步如嫣督察，麻煩你過來。」

「請叫我巫太太。」

「巫太太，我是承辦那一件非禮案子的負責人。」

「我已經跟你的同事講得很詳細，況且高志康已經死了。」

「你怎知道他死了？」

「我看新聞認得那座大廈，又聯絡不上他便推測得到。」

白揚忙著輸入口供，吳懿珩瞄了一眼立即閉上嘴。

「巫太太，你怎樣認識高志康？」

「我一年多前在網路聊天室跟他瞎扯，後來我做了保險業務，向他推銷保險成功，到他家簽約認識他。」

「他怎樣有機會非禮你的兒子？」

「為什麼要知道？」

「同事在上次跟你錄口供時沒有問清楚，我在補充資料。」

吳懿珩猶豫了一會說：

「我跟他混熟了，有時會托他照顧我兒子一陣子。」

「什麼時間呢？白天還是晚上？」

「幹嘛這樣詳細？你的同事問的不一樣。」

「對不起，我比較囉唆。請說。」

「是晚上居多。」

「為什麼？」

「我的客人大多數下班才有空。」

「那麼你的兒子白天有人照顧嗎？」

「他唸全日制幼兒園。」

「是上午九點至下午四點那一種。啊，扯遠了，你還沒有說高志康怎樣非禮你兒子。」

「我上次已經說過。」

「請你合作，我們要一份完整的口供。」

「我拜託高志康照顧俊俊幾次後很放心，沒想到他這樣下流。上星期我發現俊俊有異常的行為。」

「上星期那一天？」

「上個星期二晚上。」吳懿珩略思索了一下。

「請繼續，你兒子有什麼異常行為。」

「他將一個布偶的衣服扒光了，分開它的雙腿，放在沙發上，然後他跪在地上，舔那隻布偶……，布偶的下……下面，我十分震驚，迫問他誰教他的，他說高志康曾經對他這樣做。」

「明白，真的很噁心。那麼你兒子在幼兒園有沒有這樣的行為？」

「我想沒有，幼兒園的老師還沒有投訴。高志康是在星期一晚上對他猥褻的。」吳懿珩小心翼翼皺著眉頭。

「啊，原來如此，星期一晚上你將兒子交給高志康照顧，當晚他非禮俊俊，星期二晚上你發現狀況，星期三你報案，星期四高志康死了。」

「流程是這樣。我是一個不幸的單親家庭受害者，幸好他死了，以後我和俊俊不用再受到威脅。」

「你也受到他的威脅？他怎樣威脅你？」

「我是孩子的媽媽，心理上感到威脅。」

「忘記問你，傻傻上那一間幼兒園？」

「咦……。」

「有這麼難答嗎？」

「不，只是一時想不起名字吧，是××幼兒園。你問完了沒有。」

「對不起，還要占用你的時間。上星期四下午兩點到六點你在那裡？」

「上星期四下午就是高志康死掉那一天，哦，你在調查我的不在場證據。」

「這是我的工作。」

吳懿行氣得滿臉通紅，從醒目的包包取出一根瘦長幼細的香菸點著抽啜，上面有粉紅色細線分隔菸身和菸蒂，她狠狠抽了幾口後，掐熄香菸說：

「我去逛街上百貨公司，然後到幼兒園接傻傻回家。」

「我們查看高志康那一段時間的手機通訊記錄，他在兩點十五分接了你的電話，又在現場的水渠找到兩枚卡著同一款香菸的菸蒂，要不要我比對你的ＤＮＡ，證明你在那一段時間曾經到過他的家。」步指著剛掐熄的菸蒂說。

「是的，我在上星期四到過他的家，那又怎樣？」

「為什麼要到他的家？」

「什麼為什麼？他猥褻了傻傻，我氣炸了，找他理論，要臭罵他一頓。」

「你已經報了警，只要配合警方，提供有用的線索，就能夠將他定罪，猥褻幼童是嚴重罪行，依照過往例子，法官定會判他坐牢，你沒頭沒腦走去上跟他糾纏，反而會操之過急壞了事情，打草驚蛇提醒他防範。」

「步督察，你留心聽著，我才是受害人，你知不知道看著孩子被人傷害，為人父母卻無能為力，是一件多麼痛苦的事情。」

「對不起，我沒有體會你的心情。但是請你詳細交代那一天的經過。」

吳懿珩緊繃著臉，不發一言，然後才字字清楚說：

「我大約三點到達他的家，他看見我很愕然，我進屋後就破口大罵，他一味否認，叫我安坐鎮定一下，還倒了一杯水給我，但是他仍然否認，我氣不過便將那一杯水潑在他身上，告訴他我已經報了警，他才慌起來到向我道歉，我聽了他的道歉反而洩了氣，心裡很亂，便走出陽台抽菸，抽菸後我正想離開時，他請求我撤消控罪，我回答讓我想一下就走了。」

「你什麼時間走的。」

「大約三點四十分。」

「你抽了多少根香菸？你抽菸時高志康在做什麼？」

吳懿珩有點吃驚，想了一下說：

「兩根，當時我被憤怒的情緒占據，根本沒有留意他在做什麼。」

「謝謝你。還有，你是一個人上高志康的家嗎？」

「是的。為什麼這樣問？」

「沒什麼，只是要確認一下。再見，巫太太。」

白揚整理剛才的口供後說：

「我們終於辨識了所有嫌疑人，安娜、麥好、吳懿珩、羅美蓮和呂玉珊。當中安娜和麥好是清白，吳懿珩的證詞證明高志康在三點四十分還活著，而且他們沒有鑰匙再進入單位謀殺高志康，法醫證實高志康是在下午四點至六點死去，要是吳懿珩在三點四十分離開，她也沒有殺高志康的嫌疑，她的證詞說她潑了清水在高志康身上，也必定弄濕了地下及玩具，是高志康擦乾地下及清潔了玩具，所以它們上面沒有任何指紋。」

「要是吳懿珩說謊呢？她並不是三點四十分離開，而是殺了高志康才走。」

「吳懿珩為什麼要殺高志康？她已經報案控告高志康猥褻俊俊，就算她不上門找麻煩，法律也會制裁高志康，要是證據確實，法庭會判他坐牢，吳懿珩是事件的受害者，她受的傷害至深。」

「那麼她何必多此一舉，跑上高志康的家撒野？今天她是有備而來，她每回答一個問題都經過深思熟慮，恐怕露出破綻，當我突擊問她時，她的反應很不自然，尤其是我問她為什麼要跑上高志康的家，她簡直吃了一驚，好像被人揭穿了祕密，她的發怒像演戲，所以她沉默了許久才回答，她在思考如何回答才能夠消除我們對她的懷疑。還有，麥好說她們離開時高志康把一人份的鳳梨起司薄餅放進小烤箱烘熱，高志康不喜歡鳳梨，羅美蓮不喜歡起司，兩人都沒有吃掉薄餅，那麼誰吃了薄餅？」

「吳懿珩。」

「我不認為一個盛怒的女人能夠吃得下任何東西，她隱瞞了一些東西。」

「是什麼？」

「她不是一個人上高志康的家，也不是發晦氣找麻煩，是另有目的。」

「你指她利用猥褻案要脅高志康，跟他要錢才撤銷控告，但是剛才她發怒的神情很真切，不像裝出來。」

「我們先要找出吳懿珩跟誰人上高志康的家。白揚，你去××幼兒園調查俊俊在上個星期三和星期四有沒有異常的舉動，吳懿珩是否當日下午四點後接走俊俊？」

2.

下午白揚到過××幼兒園調查後回覆步如嫣。

「我問了××幼兒園的老師，她說上星期二到星期四俊俊沒有異常的舉動，像平常一樣淘氣，星期四下午一點左右巫太太來到幼兒園，說家裡有事接走了俊俊。」

「為什麼？」

這時有一個同事跑進來大聲說：

「步督察，發生了命案，快點出動。」

「死了什麼人？」

「嬰兒，一個一歲大的女嬰。」

步如嫣他們來到××區的老舊大廈，那是一座「口」字型的設計，四座長方型的大廈攏在一起，圍了一個天井在中間採光，每一戶的門口都對著天井，住戶都喜歡只關上鐵閘，中間掛著一幅布簾遮掩，讓空氣流通，但是私隱容易曝光，只要行過走廊通道，那一家在燒飯，那一家在吵架，房客的活動也鉅細靡遺。

他們來到案發的單位，門外有一軍裝警員站崗，門口攔上警方的封鎖線，房間面積大約十坪大小，最左面是廚房和廁所，貼牆擺了一張長桌子，幾張膠凳，上面放滿了雜物，一個黑色花瓶插著開了一朵的殷紅百合花，旁邊有一隻貓咪慵懶地躺著，右面是一個小客廳，放了沙發和電器，室內有點暗，一大一小的房間占據窗子的位置，左面的戶間擠滿著一張大床、衣櫃、梳妝枱等家具，步如嫣推開右邊的房間，裡面放了兩張層架床及充斥衣服雜物，其中一張坐著一中年婦人及少年，另外一張躺著一個嬰兒，了無生氣。

「步姊姊。」少年抬頭驚叫。

「大雄。」

「羅美蓮。」白揚叫道。

中年婦人扭頭回看。

羅美蓮和大雄被帶回警局。

「大雄，事情是怎樣？」步柔聲問。

「妹妹是我失手殺的。」

「你怎樣殺她？」
「她是我殺的。」
大雄噙著眼淚說完後，低著頭啜泣不再出聲。步只好將他移送到羈留室，再偵訊羅美蓮。
「羅小姐，是你報警？」
「是，是我決定報警。」
「你也正直不阿，大義滅親。」
「他……他……做錯事。」
「你認為是他做錯事。」
「他親口承認錯手殺死了妹妹。」羅理直氣壯地叫嚷。
「請你描述事件前後的經過。」
「今天早上我睡得很晚……。」
「為什麼睡得晚？」
「昨晚跟老公去玩。」
「老公？」
「不……不……是老朋友。」
「那一個老朋友？」
「是……是……李安邦。」

「那個跟你一起到澳門的男朋友。請繼續。」

「我起床的時候，大雄已經餵飽了妹妹吃奶，還打點兩個弟妹一起上學，我看妹妹睡著了，便自己上街吃早餐、買菜和買花，回來餵貓咪，妹妹也睡醒了哭得很厲害，我一直照顧妹妹直到大雄下午放學回來，我要去做幫傭打零工，便將妹妹交給他。」

「大雄會照顧妹妹？」

「是的。其他兩個弟妹也是由大雄幫忙照料。」

「你什麼時間將妹妹交給大雄？」

「是下午一點半。我四點多回來，打開門聞到一陣清香，百合花半開，但是靜悄悄，沒有妹妹的哭聲，推開門看見大雄對著妹妹發呆，妹妹面如死灰，沒有呼吸，才知妹妹死了，我質問大雄妹妹怎會死了，他說妹妹哭得太厲害，他大力將她搖晃，失手將妹妹摔在地上死了。我跟他一起哭了好一會才決定報警。」

「那麼其餘的弟妹呢？」

「當時他們還在青少年中心，我叫親戚照顧他們。」

「謝謝你，你可以先走了。」

「那……那麼大雄怎麼辦？」

「我們還沒跟他錄口供，不知道實際情況，暫時無可奉告。」

「他失手摔掉妹妹在地上，不是有心殺害她，而且他是小孩，會受什麼刑罰？」

「我不能預測法官會怎樣判刑，但是依據過往的例子，他最少要判入勞教中心或更生中心度過幾年。」

羅美蓮黯然離去，步如嫣處理完後續的事情，傳了一則即時通訊給法蘭西斯，約略告訴大雄的事情，法蘭西斯立即回覆身體軟趴趴很不舒服，明天好一點來找她。

「法蘭西斯是個男子，卻弱不禁風。」步自言自語。

第二天早上步如嫣和白揚來到陳法醫的辦公室。

「死者的死因是什麼？」

「死者是一歲大的嬰兒，額頭有一處很大的傷口，估計是由高處掉下受傷，但她不是跌死，她的腰部有多處的瘀痕，是被人用力捏緊的後果，有人曾經將她大力前後搖晃，令她的頸椎骨折。」

「她曾被人捏著腰身搖晃，是否因為『嬰兒搖晃症候群』而死？」

「『嬰兒搖晃症候群』是嬰兒持續、長時間遭到搖晃，造成腦部損傷，如腦出血、腦內神經斷裂，死者並沒有此等症狀，表示她在死前得到適當的照顧。她的死因是頸椎折斷，有人將她用力搖晃，再摔在地上，是一次過度劇烈、連續的搖晃將她的頭顱像鐘擺前後搖動，強勁回彈力的動量令脆弱的頸骨頭承受不了，拗斷了她的頸椎，導至她死亡。」

「她的死亡時間？」

「是下午一點半至二點半。」

「謝謝你，陳法醫。」

步如嫣收到法蘭西斯的即時通訊，請她移步到青少年中心一談，步與白駕車前往。

「步督察，該棟大廈很殘舊，沒有室內監視器，不知道有什麼人在該時段出入，案情沒有進展。」

「最大問題是大雄保持緘默，我們根本不知道當時殺嬰的經過。據羅美蓮的證詞，大雄懂得照顧小孩，是什麼令他搖晃妹妹？」

「可能羅美蓮臨時要他照顧妹妹令他心情煩躁。」

「還有一點十分可疑，是羅美蓮主動報警。」

「有什麼可疑？」

「是羅美蓮的為人，她是個愛貪便宜、嘮叨的小女人，並不是那種明辨是非、大度的類型，要是大雄失手殺死妹妹，她理應想盡辦法掩埋事實的真相營救兒子，就算普通人也會編造一個故事企圖瞞騙警方，但是她卻果斷地報警，這一點跟她性格相悖，所以我覺得奇怪。」

「要是大雄肯給口供就好了。」

「哪要看法蘭西斯有沒有辦法？」

他們來到青少年中心，法蘭西斯帶他們到一個會客室，步如嫣看著他消瘦的俊俏臉龐露出焦慮的表情有點心痛。

「你的身體怎樣？有沒有吃藥？」

「謝謝你關心。我每次感冒都不吃藥，讓身體自然抵抗病毒，不過全身的骨骼很疼痛。是啊，我們怎樣才能幫到大雄？」

「你對感冒採用佛系治療法。大雄保持緘默，好像有難言之隱，我想知道他的性格和身世？」

「我記得三年前過來時他是十三歲，他的性格很溫和，不會隨便發脾氣，很會照顧這裡的小朋友，可能他在家裡是大哥哥，不過，他家四個孩子都是不同父親的，這樣很影響孩子的成長。」

「李安邦是否妹妹的爸爸？」

「不是。他跟羅美蓮認識不久，兩人已經走得很近。我也不知道這些人為什麼要生孩子？一對九十後的青年，生了兩個兩歲及六個月大的孩子，領取補助金過活，為了爭奪補助金去買毒品，扔下孩子不理，各自離家出走，被控告虐兒；一個濫交、濫藥的單親母親將受監護寄養的三歲兒子帶回家過週末，監護人帶孩子回家，發覺他神情有異，痴痴呆呆沒有反應，連忙送他道醫院，化驗尿液後發覺含有安非他命及古柯鹼，那個女人竟然餵自己的兒子吃毒品；還有一對三十多歲的無業夫婦數次沒帶五個月的兒子到醫院注射疫苗，社工上門陪他們到醫院，醫生診斷男嬰發熱、脫水及體重偏低，沒吃足夠奶奶長達三四天，命懸一線，夫婦兩人也漠不關心，只顧著玩手機，被控告虐兒。」

「也有一些好人好事，例如那個社工和監護人。」

「他們代替不了父母。」

「兒女是債，有討債，有還債。你有沒有想過要孩子？」

「你還有心情說笑，快點想辦法營救大雄吧。」

「是啊，你們也不要公開打情罵俏嘛，我聽到也起了雞皮疙瘩。」白揚撇著嘴。

「白警長，你不要誤會啊。」

「死小子，口不擇言，閉上你的烏鴉嘴。經歷麗明、秋羽、阿文令人握腕嘆息的案件，又輪到大雄，我也受不了感情災難的沖擊要減壓。」一步有點自暴自棄的說。

「你認為大雄誤殺妹妹？」

「我沒有任何預設，一切要看證據。不過，只要令大雄開口，無論他的證詞是真是假，總能發現一些蛛絲馬跡。」

「讓我單獨見他試試看。」

「但是不要觸及是他殺死妹妹。」

三人回到警局。

「大雄。」

「法蘭西斯叔叔。」

法蘭西斯握著他的手，眼神堅定的說：

「妹妹死了，我知道你也很傷心，但是也不能憋在心裡，自己獨自承受，你是小孩，你沒有能力解決的問題，就要向你的師長求助。」

「我……。」

「不管事情是怎樣，你先要說出來，我們才能幫助你。」

「你們幫不了我。」

「你不是專業人士，不能介定故意或錯失的定義，事情既然已經發生了，沒辦法挽回，我們要找尋一個最佳的補救方案，這對你十分重要，你前面的路很漫長，不能因為一個意外令你毀掉你的人生，你的夢想不是要做一個修理飛機工程師嗎？大雄，不要放棄，請讓我們幫你，只要你講出失手的情況，我們研究細節，斟酌最好的策略為你辯護，好嗎？」

大雄想了許久終於點頭。

「大雄，你好。」

「步姊姊、白大哥，你們好。」

「你放鬆點，只當是平常聊天，你想到什麼就答什麼。你為什麼會返回家？」

「我接到媽媽的即時通訊，叫我放學後回家照顧妹妹，她二點要去打零工。」

「去那裡打零工？」

「去歐太太那裡。」

「你有沒有歐太太的電話號碼？」

「有，不過在手機裡，手機給你們收起來。」

「等會你找給我們。你什麼時候回家？」

「我十二點半放學，吃午餐時接到媽媽的電話，大約一點半回到家裡，還被媽媽責罵我為什這麼晚，害她遲到，吩咐我妹妹二點要喝奶。」

「之後怎樣？」

「我逗玩了貓咪，餵妹妹喝過牛奶，幫她排脹氣，妹妹突然吐奶，我要清理，她哭得很厲害，那高分貝的嚎啕大哭搞得我心煩意亂，難忍她的哭聲，覺得她很吵，很不喜歡她，便將她大力搖晃、掌摑、捏臉及拋擲，一時失手將她先碰到床邊，再摔在地上，我把她放在床上，她的身體不斷抽搐，臉色轉青，喘了一會氣就死了。」

「你怎樣搖晃她？」

大雄臉色一沉，想了一下說：

「就像平常跟傻傻玩飛高高一樣。」

「我記得第一次在醫院遇見你們時，你也跟傻傻玩過，傻傻跑開幾步再衝向你，你看準他的來勢捉住他的胳肢窩，握緊他兩邊的胳肢窩抬起他成水平狀。你是怎樣搖晃妹妹？」

「像搖擺傻傻一樣。」

「後來呢？」

「我看見妹妹沒有呼吸，慌了起來，不知所措，坐著發呆，直到媽媽打零工回來。」

「出了亂子，你沒想過找人幫忙？連法蘭西斯叔叔也沒想到？」

「嗯……嗯，沒……沒有啊。」

「明白了。你不要為事件焦慮，法蘭西斯叔叔會為你找律師研究案情。我們先走，呀，還有些事情。」

「什麼事？」

「你返家時那一枝百合花開得怎樣？」

「只有下面那一朵全開了，散發陣陣香氣。」

「貓咪的眼睛怎樣？」

「圓滾滾的。」

3.

步如嫣送走法蘭西斯，回到辦公室，她的同事告訴有一個長腿美眉找她，她來到會客室發覺美少女是麗明，婷婷玉立像十七、八歲。

「麗明，你找我有事嗎？」

「步姊姊，你們是不是抓了大雄？」

「小孩子不要理會這些事情。」

「大雄並沒有殺死她的妹妹。」麗明莞爾一笑。

「你怎知道？」

「你問我怎樣知道事件？還是問我怎樣知道大雄沒有殺死她妹妹？」

「兩件都問。」步如嫣感覺跟一個大人對答。

「昨天我跑到他家找大雄，看見有警察把守，隔壁的三姑六婆告訴我的。大雄最近很忙，放學後忙到很晚才回家。」

「那並不是一個有力的證據。」

「我昨天下午三點多跟他即時通訊。」
「但是你剛才說他很忙，怎會有時間跟你閒聊，你們是否在交往？你為了救他替他圓謊？」
「大雄很好，長得也不錯，但是仍很稚嫩。」
「你對大雄的信任對案件沒有幫助。」
「你不相信我不打緊，但是我相信你一定會抓到殺死妹妹的真凶。」
「多謝你的抬舉。你心中有數，你懷疑誰？」
「李安邦。」
「為什麼會是他？」
「他這個月開始住進大雄家，與他媽媽同居。」
「大雄沒有說啊。」
「他怎好意思主動跟你說他媽媽的糗事。」
「麗明，你真是懂得很多。」
「都是向你們大人學習，我過一年就等於其他孩子過三年。」
「社會大學催人老。」
步回到辦公室吩咐白揚找歐太太問話，怎料歐太太懷疑白揚是電話騙案不肯回答，又以個人私隱為理由拒絕透露她的住址，白揚只好叫她先掛電話，再打電話到警局。
「歐太太，羅美蓮昨天有沒有到你家打零工？」

「有哇，不過，過了一會她接了一個電話說有急事，早退了。」
「那時是什麼時間？」
「大約兩點十五分，我從窗口看見她跟一個男人離去。」
步叫白揚調查羅美蓮的手機通訊記錄，得知昨天十二點三十分及二點她跟大雄通訊，兩點十五分李安邦打電話給她，之後有幾次通訊，但是李安邦沒有再打電話給羅美蓮。步叫白揚約李安邦第二天到警局見面。
「李先生，我們想了解你前天的動向。」
「為什麼？」
「我們想收集跟殺嬰案件有關的資料。」
「我沒有什麼能告訴你的。」
「但是羅美蓮說你們同居，大前天晚上還玩得很晚，前天早上你們一起吃早餐，跟著到街市買菜。」
「是那個衰婆跟你說我們同居嗎？我只是有時在她家過夜。」
「那麼你承認前天早上仍然待在她家裡，之後怎樣？」
「我們吃過早餐後分開，她去買菜，我去找朋友，直到昨天她才打電話給我說大雄摔死她的妹妹。」
「但是你在前天兩點十五分打電話給她，為了什麼事情？」

「我告訴她我在朋友家過夜，不回她家裡了。」
「請給你朋友的地址和聯絡電話。」
李安邦即時傳訊給她，起身要走。
「還有事情？」
「什麼事？」
「你離開時那一枝百合花開了沒有？」
「沒有，一朵也沒有開。」
「貓咪的眼睛怎樣？」
「瞇成一線。」
白揚看著李安邦的蹤影消失在大門後問：
「我們要不要向李安邦的朋友做確認？」
「不用，我已經知道凶手是誰，只是不知道大雄的動機，走吧，我們去偵訊大雄。」
「你的意思大雄真的殺死他妹妹。」
兩人來到偵訊室。
「大雄，我們已經跟有關人士問話了。你又何苦呢？」
「步姊姊，我不明白你在說什麼。」
「不要再裝蒜了，你不是凶手，凶手是李安邦。」

「……。」

「你替李安邦頂罪，為的是你媽媽。」

「嗚嗚……嗚……。」

「大雄，你是好孩子，不要扛起別人的罪行，告訴我們你的原因。」

「我……。」

步如嫣約了羅美蓮下午到警局。

「羅小姐，我已經將事情的來龍去脈弄清楚，還向大雄確認。」

「什麼？大雄很愛說謊！」

「稍安勿躁，讓我重建事情的經過，前天早上你和李安邦起得很晚，你們住在一起。」

「那小子說的？」

「若要人不知，除非已莫為。你倆吃過早餐，一起到市場去買菜和買花，並不是如你所說一個人做這些事情，你們返家，十二點半你打電話給大雄查問他和弟妹的行蹤，之後你要去打零工，將妹妹交給李安邦照顧，二點十五分他打電話給你，告訴你他錯手殺死了妹妹，你向歐太太告假早退返回家裡檢查妹妹，商量如何善後，李安邦想到餿主意，將罪名推在大雄身上，跟著你們去找大雄，李安邦脅迫大雄成功，你跟大雄回家報警，等我們來抓走大雄，李安邦假裝探訪朋友。」

「又是那個臭小子瞎編嗎？他是個大話精。」

「我已經有證據證明大雄不是殺人凶手。我偵訊大雄，他露出難言之隱的神情，像極力保護一個人，錯殺妹妹發生在你的家，大雄沒有女朋友，他最關心的人就是弟妹和你，他的弟妹很安全，那麼他唯一要維護的人就是你，但是妹妹被殺時你有不在現場的證據，大雄一定是替人頂罪，那人就是李安邦，他搖晃了妹妹誤殺她，可是李安邦憑什麼能夠威脅大雄成功呢？因為他掌握了你的把柄，你會有什麼痛處被他抓住？」

「是啊，我有什麼把柄在他手裡？你說出來讓我心服口服。」羅美蓮理直氣壯。

「他是你在高志康命案的不在場證人，你說上星期四下午三點從家裡搭車到香港澳門水翼船碼頭，跟他一起去澳門的證詞是虛假，你逢每個星期二，四下午五點到七點到高志康家裡打零工，我們從他的銀行轉帳記錄，及『劉伶吧』服務生美美的證詞證明了這一點，上個星期四當天五點鐘你進入高志康家，發現他昏睡在床上，又發現了他的保險箱裡有錢，於是把錢偷走，還拿走了他的手機和手錶，跟著打電話給李安邦一起到澳門，把事件的始末告訴他。」

「大雄這個兔崽子，他答應我不會說出來，我要一巴掌連一巴掌摑打他的臉，打得他頭昏腦脹才能發洩我心頭之恨。」

步如嫣皺著眉頭看著她好一會，跟著面無表情說：

「你偷走了多少錢？」

「我數過，一共五萬元。」

「李安邦就是利用你偷走高志康的財物做理由，威脅大雄扛下他殺死妹妹的罪名。」

「是又怎樣？我不想我深愛的情人坐牢，答應了阿邦的建議，他說大雄是個小孩，只要他承認失手殺死妹妹，只會受到很輕微的懲罰例如感化中心，阿邦答應我會跟大雄說『你媽媽偷了高志康五萬元、手錶和手機，要是我告訴警察，你媽媽必定會被抓去坐牢，你們兄妹三人就會送到孤兒院生活直到十八歲成年，你想要你媽媽坐牢嗎？你們想要在孤兒院過日子嗎？永遠見不到媽媽？』」

「李安邦單獨跟大雄說嗎？」

「是的，我們在電玩街機店的二樓網咖找到大雄，到小公園跟他說出事件，阿邦說以免我尷尬，單獨跟大雄說，帶他到僻靜一角說服他，最後大雄哭著臉答應。」

「你這個狠心的女人，竟然犧牲大雄的前途換取你的所謂愛情，你怎配做人母？」

「關你什麼事？大雄是我生的。」羅怒看步。

「哼，孩子不是父母的私有財產。為什麼你要偷走高志康的財物？」

「他一見我就著迷，極力哄騙我跟他睡，我才不是那麼容易讓他得手，後來受不了誘惑，動情鬆懈答應他一次，事後他說會補償我，但他只是給我幾百元，他當我是什麼？我是他名副其實的女朋友，男朋友討女朋友開心是天經地義的事情，既然他不履行男朋友的義務，我只是拿走我應得的份。」

「你不問自取是做賊，你剛剛才信誓旦旦說你深愛李安邦。」

「我看你這個男人婆也沒什麼見識，哪裡明白男女之間的微妙感情事，女人愛一個人是一回事，跟不同人結婚是另一回事。」

步如嫣懶得再跟她糾纏下去，接著問她：

「你詳細交代上星期四你進入高志康家裡，直至離開為止。」

「當日五點正才踏進他家門，我才不要再讓他占便宜，一切寧靜如常，我以為他又出去到下面的酒吧街喝酒，客廳依舊堆滿了玩具，一條火車軌從客廳延伸到走廊，上面有一輛聲控小火車，旁邊有那一輛玩具工程拖拉車。」

「什麼聲控小火車？」

「那個紳士服塑膠玩偶是機關，用來操作小火車開動和停止，按一響哨子是開動，按兩響哨子是停止。」

「繼續講。」

「我覺得奇怪，小孩只會在客廳玩，不會走到臥房去，便跟著火車軌道走，發覺火車軌道的末端在高志康房間的中央，他的手機擱在火車軌道的旁邊，火車軌道有一塊塑膠骨頭，手錶放在書桌，上面還整整齊齊放著一份保險單文件，高志康仰睡在床上，腦袋蓋著一個大枕頭，看不見臉孔，我心想正是好機會拿回我應得的東西，便打開他在衣櫃的保險箱，發現有五萬元立即拿走它，順便拿走了他的手機和手錶當做利息，擦乾淨小保險箱，看電視學的，所有事情都妥當了，便匆匆離去，這就是事實的全部。」

「手機在地上的情況怎樣？」

「是機面向上。」

「之後有沒有電話打給他？」

「沒有，我一早把手機關掉，當我關機時，才發覺是手機被調成震動模式，之後我拿出ＳＩＭ卡放進馬桶沖走，在澳門把手機賣掉。」

「你有沒有檢視高志康？」

「他睡著了，為什麼還要弄醒他？我……我會不會被被控訴？」

「我們會將你的口供交給律師決定。」

「李安邦說沒有原告證明那五萬元、手錶和手機被偷走，根本不能證明有犯罪發生。」

「我們會扣押你直至捉拿李安邦歸案。你這個卑鄙的女人，竟然無恥地利用大雄，要是他被控入罪，他就是一個殺人犯，永遠背負殺人的罪名。你很自私，只為自己和你的所謂愛情。」

「大雄是我兒子，只要我喜歡，沒什麼不可以！」羅咧嘴嗆白。

「我真的替大雄悲哀。他為了保護你，由始至終什麼也沒有透露半句，事情的過程是我推理出來。『天下無不是的父母』這句說話，真是誤盡蒼生，偏偏有些地方最愛把他們的國家比喻做母親，我真希望能夠成功控訴你。」

「死三八，你很可恨。」

步如嫣申請拘捕令捉拿李安邦，和白揚走向羈留室。

「大雄，你可以走了。」

「為什麼？」

「我們已經有足夠的證據證明李安邦殺死你妹妹。」

「那我媽媽怎辦？她會不會被控殺人？」

步如嫣緊緊盯著大雄追問：
「李安邦怎樣說服你頂罪？」
「他說媽媽用大枕頭搗著高志康的臉，將他悶死，並偷走他的財物，要是我不替他頂罪，他就告發媽媽殺人謀財害命，讓她下半輩子都坐牢。」
「你媽媽會留在這裡，她有沒有殺死高志康我們會深入調查，但是我肯定李安邦為了脫身，編出謊話騙你的，你先回去吧，千萬不要接觸李安邦。」
「你真的會調查嗎？步姊姊。」
「我是大人嘛。」
「大人都愛騙小孩。」
「你又不是小孩，你是小大人，大人騙不了小大人。是啊，麗明說你最近很忙，你忙些什麼？」
「都是那些事情，替人做一點ＩＴ工作，設計網頁。不過，妹妹死了，我很傷心，很傷心，我還是走吧。」
「事情會過去，多點找法蘭西斯談心事。」
「法蘭西斯叔叔快要約滿回加拿大。」
「是嗎？」
步如嫣和白揚送走大雄。
「步督察，你說謊話自然流暢，像說真話。」

「我沒答應大雄什麼。」

「我以為羅美蓮已經洗脫了殺死高志康的嫌疑，但是聽到大雄出人意表的證詞，那麼還是有三個殺死高志康的嫌疑犯。但是羅美蓮並沒有承認殺死高志康，還說沒有碰過高志康。」

「那有預謀的殺人犯承認自己殺人？好了，終於破了殺嬰案，我也要找法蘭西斯傾談大雄的事情。」

「步督察真多藉口，法蘭西斯快要返回加拿大了呢。」

「知道啦，謝謝你提醒。」

4.

「女神探，你好厲害，兩天內破了殺嬰案，還大雄一個清白。」

「不要恭維我了，高志康命案仍是膠著呢。你也要花點時間安慰大雄。」

「你怎樣證明大雄沒有誤殺他的妹妹？」

「有兩點。第一是那一朵百合花和貓咪的眼睛，第二是大雄搖晃妹妹的方法。」

「何解？」

「百合花和貓咪的眼睛是時間證人，羅美蓮說她從歐太太回到家時，百合花有一朵是半開；大雄說回到家時，只有最底下一朵是全開，貓咪的眼睛是圓滾滾的；李安邦說離開時，百合花沒有開花，貓咪的眼睛瞇成一線。李安邦的證詞是他與羅美蓮吃過早餐後分首，沒有到市場，他說謊了，要是他沒去市場、根本就不會知道家裡有一枝百合花，既然他離開時看到沒有開花的百合花，證明那時候他逗留在家裡，直至一點半才離開，貓咪的眼睛受到強烈的陽光影響，瞇成一線，羅美蓮看到半朵花開了，是在四點鐘她和李安邦回家檢查妹妹，商討對策，大雄回家時看到最底下那一朵百合花全開了，貓咪的眼睛圓滾滾的，因為沒有太陽強光，證明他前日下午十二點半到黃昏沒有留在家裡，他不是殺死妹妹的凶手。」

「那麼大雄搖晃妹妹的方法呢？」

「妹妹的死因是頸椎骨折斷，是被人連續劇烈地將腦袋前後搖晃，大雄描述搖晃的方法和俊俊玩飛高高一樣，捉緊妹妹兩邊胳肢窩，左右搖擺，這個腦袋搖擺的姿勢跟妹妹前後搖擺致死的原因並不相符，說明大雄並不知情，他不是凶手。」

「水落石出就好了。但是妹妹死去，大雄很傷心。」

「聽說你要回加拿大，他會失去人生的導師。」

「千里搭涼棚，沒有不散的筵席，況且我只是稍長幾歲，才疏學淺，做他的人生導師真的愧不敢當，不過，現代通訊發達，聯繫易如反掌，要是他們有問題，可以跟我即時通訊討論。」

「這群孩子的命運真坎坷。」

「人生就是這樣，要接受生命的無奈，命運的擺佈，孩子的路要他們自己勇敢地走下去。」

「你有想過要有孩子嗎？」

「撫養和教導孩子的責任太大了，我怕負擔不起。不要再講這些沉重的問題，我們去吃飯，去那裡？」

步如嫣愣了一下，連忙唯唯諾諾，法蘭西斯在扯開話題。

第二天早上步如嫣和白揚駕車來到吳懿珩的辦公室，吳懿珩看見他們依舊冷冰冰說：

「你們找我有啥事？」

「巫太太，我們想跟你確認一件事，上星期四你是否一個人上高志康的家？」

「我上次已經回答了你。」

步如嫣示意給白揚，白揚找到吳懿珩的口供念出來。

「『是的。為什麼這樣問？』」

「我是這樣回答。」

「我們到××幼兒園查問俊俊的老師，她說『上星期四下午一點左右巫太太來到幼兒園，說家裡有事接走了俊俊。』那麼那一段時間你將俊俊交給誰照顧？」

吳懿珩鐵青的臉龐慢慢漲紅，咬牙切齒有點猙獰。

「是的，我帶著俊俊上高志康的家。」

「為什麼要帶著俊俊上他的家？」

吳懿珩突然像被東西噎住，出不了聲，過了一會才說：

「我帶著俊俊上去跟他對質，要俊俊親口指證高志康猥褻他，令他俯首認罪。」

「這樣會對俊俊日後的發展造成心理傷害。」

「俊俊是個四歲幼兒，懂些什麼？」

「你真是枉為人母。之後你對俊俊怎樣？」

吳懿珩倏地失了方寸高聲叫嚷：

「什麼對俊俊怎樣？」

「我們發現在垃圾桶裡有一角薄餅，上面檢驗出有牛奶和安眠藥。我們證實高志康在你們來到之前放進小烤箱烘熱，高志康不喜歡吃鳳梨、不能喝牛奶，你在盛怒也不可能吃東西，那一塊薄餅一定是俊俊吃了，可是為什麼要餵他吃下安眠藥？」

吳懿珩臉色沉了下去，接著很清晰的說：

「我們到達高志康家裡不久，俊俊就鬧彆扭，到處亂跑亂動，沒有一刻安靜，更不受控制，於是我給他喝了加入安眠藥的牛奶和吃薄餅，我常常餵他吃安眠藥，法蘭西斯也知道，過了一會他睡著了，我才有空跟高志康理論。」

「你除了跟高志康對質外，還有沒有要求什麼？」

「你當我是什麼人？勒索犯？我只是一個弱女子，無良的前夫見異思遷，另結新歡，把我拋棄，我是個苦命的失婚女人，不幸又遇上變態佬，猥褻非禮我的兒子，我為了保護兒子，報警求助，據理力爭冒險到他家理論，為兒子討回公道，卻被你這個固執，食古不化、自我自大的臭婆娘懷疑，你不要自以為是警察，就能夠隨隨便便侮辱別人，我可以投訴你，我是報案人，受害人，不是嫌疑犯。」吳懿珩一把眼淚一把鼻涕哭訴。

白揚瞠目結舌，步如嫣無動於衷冷靜地看著她。步如嫣等她的情緒穩定下來問：

「你們離開高志康的家，之後的行蹤怎麼樣？」

「我們三點四十分離開，搭計程車到青少年中心找法蘭西斯，直至那裡關門，還跟法蘭西斯吃晚餐。」

「你們什麼時候到達青少年中心？」

「我不記得了，但是那個司機有給我收據，我好像放進包包了。」吳懿珩說著，就往她的翠綠色包包找尋，不一會抽出一張收據，步如嫣看了一下，交給白揚。

「我們會留下做證物。還有，傻傻在高志康家裡有沒有玩過玩具？」

「有，他玩過聲控小火車。」

「謝謝你，我們沒有其他問題，再見。」

兩人回到車上，步如嫣傳了即時通訊給法蘭西斯會到他那裡，白揚說：

「吳懿珩真是個可憐的女人，失婚，單獨撫養兒子，兒子又碰上色魔。」

「你沒有看過武俠小說嗎？那些單獨行走江湖的尼姑、弱女絕對不能小覷，柔弱是偽裝，說謊是絕活。」

「你是女人，最知道女人，你也是這樣嗎？你懷疑吳懿珩弄虛作假？」

「我覺得她的供詞矛盾不合理，她明知傻傻很會鬧彆扭不受控制，為什麼還要帶傻傻到高志康家裡要他做證人？要是她想指控高志康，只要用手機拍下傻傻那種猥瑣的模仿動作，給高志康看就能擊倒他；她每次回答問題，總是神情緊綳、眼神閃爍，考慮很久才小心翼翼回答；還有她那一段感情獨白的演技很浮誇，就是太假太做作，她不斷強調自己是報案者、受害人，辯解不恰當的行為合情合理，這是罪惡的起點；最後是高志康提款十萬元現金，他給了麥好三萬元，羅美蓮偷走五萬元，還有兩萬元去了那裡？」

「步督察，那兩萬元可能藏在別處，或者被呂玉珊拿走，或者可能是羅美蓮說謊，其實是偷了七萬。吳懿珩那一張計程車收據上面印著三點五十二分上車，四點十二分下車，高志康的死亡時間是四點至六點，她擁有完美的不在場證據。」

步默不作聲，到達後逕自走到法蘭西斯的辦公室，見他埋頭苦幹。

「你在記錄香港點滴？」

「是關於『銅鑼灣書店事件』，銅鑼灣書店的母公司巨流傳媒有限公司，專門出版大陸領導人的祕辛及中共視為的政治禁書，曾出版《習近平和他的情人們》一書，觸怒了他們，於二〇一五年十月至十二月，有關五人陸續在香港、大陸及泰國失蹤，失蹤半個月到三個月後出現在大陸，股東桂民海在電視廣播表白稱，在泰國布吉市度假時突然良心發現，向大陸駐泰國的領事館自首，安排他由泰國偷渡回大陸，桂氏為瑞典藉公民，瑞典曾要求中方釋放桂民海，卻進展不大；林榮基，香港出生，二〇一五年十月二十四日經羅湖海關往東莞，被深圳海關拘留，沒有人交代他犯了何事，被蒙眼送到寧波禁錮，有兩人一組，六組人對他二十四小時監視，繼而有人要求他在文件上簽名，上面包括「答允放棄通知家人」及「不聘請律師」兩個條款，又被拍片受訪，有導演及有對白，要他自稱深刻知道錯誤，二〇一六年六月被放回香港，要他拿取銅鑼灣書店的顧客名單交給他們，囑咐他要返回大陸，最後林榮基決定將事件公開，還他自由；李波，銅鑼灣書店的經營者，在香港境內失蹤，不久在大陸電視台表示自願返回大陸，還強調用自己的方法回去，但是李波之前曾經接受『壹週刊』訪問，稱害怕共產黨，永遠也不會回去大陸，有記者問警務署長盧某，李波是否被強擄到大陸？被大陸官方人員越境綁架？盧某回答沒有證據顯示李波被人越境擄人綁架，況且李波承認用自己的方法回到大陸。後來大陸官方機構表示設立了強力部門，行動不受法律規範。」

「嗯。」

「桂民海等人在這裡是合法經營書店，大陸用掩耳盜鈴的無賴方法處理，嚇怕了人，政府執法部門撒手不管，還要無縫配合，這是行政暴力，令人心寒。這裡的人已失去了免於恐懼的自由。」

「……。」

「噯，你找我有事？」

「上星期四吳懿珩有沒有到過青少年中心？」

「她大約四點多抱著俊俊進來，我問他俊俊為什麼會昏睡，她說俊俊太吵，給他吃了安眠藥，她經常這樣做，我輕微責備了她，他們待到青少年中心關門，俊俊也睡醒了，我們一起去肯德基餐廳吃炸雞。」

「你們好親密，吳懿珩是不是你的女朋友？」

「白警長真會說笑。」

「其間她有沒有離開？」

「有一次。」

「什麼時間？去了多久？」

「她四點四十分出去，五點整回來，說是出去抽根菸。」

「為什麼這樣準確？」

「她出去時拜託我看著俊俊，回來時還告訴我只去了二十分鐘。」

「明白。她的婚姻出了什麼問題？」

「還不是那些老問題，愛情由濃變淡，終日為小事磨擦，互生嫌隙，他們未能及時將愛情昇華做深厚的感情，犯了一般愛情進化過程的錯誤。」

「什麼愛情進化過程？你好像是愛情專家。」

「我說過我有兩個姊姊，我媽加上我，幾個女人一起討論。那個錯誤是不再說情話討對方歡心，初邂逅，講一些語焉不詳的曖昧話，試探對方，熱戀期，滿嘴甜言蜜語，你儂我儂，深交時，漫不經心講真心話，熟不拘禮，結婚後，嘮嘮叨叨說家常話，心煩意亂，最後吵架交惡，毫無顧忌講反話，一方沉不住氣，覆水難收。」

「吳懿珩的情況也是一樣？」

「她是刀子嘴，卻不是豆腐心，口舌不饒人，他們的婚姻到了後期已無話可說，連吵架也費事，是她老公懶得跟她吵，她說她仍然很愛她的老公，還是不甘心放手，那就不得而知啦，可惜也沒用，他老公單方面申請向法庭分居搬離，有一次她潛入她老公的公寓，砸爛屋裡所有東西，他老公無奈向法庭申請禁制令，禁止她進入她老公的住處。」

「真是愛之欲其生，蠻不講理的女人。」

「愛一個人會有無窮無盡的理由，但是不愛一個人的理由只有一個，就是不愛，其他都是藉口。他們離婚以後，她仍然不斷登入他的網誌和臉書，留意他的一舉一動，時常打無聲電話給她的前夫，她前夫不勝其煩，向我求救，我也向她開導了許多遍，可是她的性格非常偏執，要愛就愛得徹底，絕不輕易放手。」

「那麼她前夫不再聯繫她了？」

「倒也不是，她有王牌在手，就是俊俊。」

「她怎樣利用俊俊？」

「她前夫的家人很愛護俊俊，法庭批准他們離婚，判決她前夫支付贍養費及每星期一天有權利跟俊俊見面，有一次俊俊的奶奶慢一點交還俊俊，她跑上前夫的家門大吵大鬧，講了一些十分難聽的話，連前夫的女朋友也罵進去，說什麼不知廉恥的姦夫淫婦，鄰居在他們背後嚼舌根，前夫的女朋友知道了便跟他前夫斷交。她也不許前夫及家人見俊俊，除非他們低聲下氣請求她。」

「這位前巫吳懿珩太太真的太難纏。你也很八卦耶？」

「不關我的事，是他前夫跑來向我訴苦，說我是社工及最清楚事件的始末，男人和男人也好說話，也不用惹起他前妻懷疑。」

「那真難為你了。」

步如嫣與白揚離去，車上白揚說：

「根據法蘭西斯的證詞，吳懿珩在三點四十二分到六點鐘有著無懈可擊的不在現場證據，她排除了嫌疑，嫌犯只剩下羅美蓮和呂玉珊了，還有被大枕頭蓋頭，意外悶死。」

「我會找到她的破綻。」步如嫣沉聲說。

當正義繞路走了

1.

「鑑於證人患有創傷壓力後遺症，專家認為證人出庭應訊將對她造成巨大心理壓力，影響復原，本庭為保護證人免受到第二次傷害否決其出庭作證，本席宣判被告趙樂基與事主非法性交的控罪獲得撤銷，當庭釋放。」

法庭門外人頭湧湧，傳媒追著趙樂基訪問。

「趙先生，你被控與事主非法性交多次，但是醫學專業報告證實事主仍是處女，你是怎樣做到的？」

「有院舍的員工發現你在辦公室對事主磨蹭？」

「精神醫生的報告指事主有輕微妄想症，事主聲稱被強姦是否她的妄想？」

「你怎樣解釋在你辦公室的垃圾桶找到一張紙巾，上面混和了你的精液和事主的DNA口水？」

「在你主理期間，院舍在一年內有八名院友死亡，兩人噎死，兩人自殺，據說一名十四歲少年院友被職員在臉上抹糞便後跳樓？傳聞是否屬實？院舍的管理是不是出了問題？」

「一切無可奉告。」一名男子代答。

「趙先生，你認為法庭的判決是否公平？」

一名身形肥胖的初老男人兀然停步，戴著墨鏡，轉身對著記者霸氣地回答：

「我有視障眼睛不好，看不清楚你們，但是法律卻很清楚說明我是無罪，法庭也判我無罪，我認為判決是公平，但是對我極不公平，這次漫長的訴訟，我受盡折磨，也罹患創傷壓力後遺症，要向誰索賠？」

「就算法庭判你無罪，不代表你是清白的。」遠處一些女性憤怒高聲叫道。

趙樂基與律師毫不理會，急忙攔下計程車離去，記者蜂擁跑向事主的媽媽訪問。

2.

美少女不假思索登入一個中學生徵友網址，在鍵盤飛快地躍動手指。

「我叫美雪，剛滿十七歲，放完暑假後升上高中二年級，希望找到一個男朋友愛惜我，我是單親媽媽養大的，想找一個年紀較大的男生，之前認識的男生都是宅男太幼稚，只管自己打電玩，我不可以整天逛街，另外如果有少少零用錢就最好啦，我長得比較高，有一百六十七公分，四十三公斤，不介意就聯繫我。」

美少女完成後看一遍，連同一張露出渾圓、小麥色肩膀側身照的網頁貼上網，又寄到幾個特定的電子信箱，她滑手機到一張兩人合照的相片。

「我很想念你，你現在怎樣？我不會讓任何人知道。」
她凝視了一會，闔上手機，耐心等候魚兒上鉤。

3.

「老趙，祝你重獲新生，乾杯。」
「乾杯，真是揑了一把冷汗，幸好那個白痴妹不能出庭作證，逃過一劫。」
「說真的，究竟爽不爽？」
「你要不要試一下？」
「多謝承惠了，這種桃花煞，不要也罷，惹上了會寢食難安，幸虧你經驗老到，撐得住。你獲得撤銷控罪，會不會上訴討回訴訟費？」
「一定會，上次我成功討回訴訟費，這一次也不例外，正好用來補助我那個坐立不安的痔瘡手術。」
「你遭到控告時已經被殘障人士院舍辭退舍監的職務，社工註冊局也沒有為你的社工註冊續期，贏了也是慘勝，不過好過坐牢，以後有什麼打算？」
「過二天到醫院做完手術才想這個問題吧，我已經六十歲，大不了領取補助金，讓政府養我下半輩子。」
「哈哈哈，我們的政府真夠包容。」

「老小子，你在說什麼。」

4.

美雪在手機瀏覽徵友網的網友不堪的留言，面露不屑，眉頭也不皺一下。

「我最喜愛漂亮的小女孩穿著小裙子，露著大腿，來吧，讓叔叔抱你，每次三百元。」

「你的胸有沒有D？」

「性交能改運變美，要不要試試？」

「我已先吃虧給你看全身，你也要給我看全身喔。」

「打炮多少錢？」

「我叫Adam，十五歲，一百七十公分高，興趣打籃球及收藏限量版籃球鞋，想找十二到十四歲女朋友，要長頭髮的靚女，最好拍過一二次拖，不必每天見面，每個月我可以給一千家用，有興趣就聯繫啦。」

「我叫Johnny，今年十七歲，平時興趣運動打電玩，找十三到十六歲女友，不要乖乖女，之前認識的女人太乖了，每個月可以買禮物，再加兩千家用。」

「我是龍先生，是一個快要四十歲的大叔，離了婚，女兒跟媽媽住，她長大了不再依戀我，我是一個寂寞孤單的男人，乾枯受創的心靈極需要你開朗的笑臉溶化，你溫柔的小手安撫，你體貼的心滋潤，我會像爸爸牽著你的手逛街，愛你寵你，到韓國買你喜歡的時裝和化妝品，到日本吃你喜愛的食物，到美國迪士尼樂園玩雲霄飛車，到法國買你想要的名牌包包，我們的世界只有歡樂，沒有憂愁，那是個美好完美的國度，我美麗嬌柔的小公主，讓我們依偎地走進去吧，享受上天恩賜給我們父女純純的愛。」

這個龍叔叔真好，年紀有點大又不太老，有錢又慷慨，正是我想要的類型，美雪認真看一下他的電子信箱，運指如飛的回覆。

「我是個極需要保護的小羔羊，希望有一個慈祥善良的叔叔愛我，但是，你可不可以寄你的照片給我，要是你太醜我會受不了。」

美雪寄出電子信箱，從香菸盒抽出一根香菸，嫻熟地點火吸菸，起身踱步，那一點火星在漆黑的小花園涼棚裡像一朵若隱若現的鬼火。

手機叮叮作響，美雪打開JPEG檔案，中年男子長得斯文清秀，倒三角臉型，狐狸臉。

美雪回信給他。

「你長得真帥啊，跟我心目中的他一樣，你多高？多重？你想whatsapp給我方便聊天，晚一點吧。你問我每個月應該給我多少家用？……，我不知道啊，我的手機好舊耶，在網路看到一部最新型號的『哀鳳』，外觀超酷。」

5.

楊慧晴錯過了下車的公共汽車站，要回頭走一段路才到××醫院，她從側門入去，鑽進了醫院大門，發覺跟上一次來的光景不一樣，這裡平和靜謐，沒有人們熙熙攘攘，一樓正中央是詢問處，旁邊是樓梯和超大的升降機，左右兩邊有走廊通往病房，每間病房的大門都關上、向著對面的牆壁，門上開了一扇玻璃窗，從外面看得到病房裡的狀況。

「早晨啊，我想替病人辦理出院手續。」

「我看你走錯了地方，這裡是第二大樓，你要到第一綜合大樓辦理，你出門口左轉，沿著有蓋長廊走大約兩百公尺就到。」

「謝謝你。」

楊慧晴依照指示走到外面，發覺步道只夠兩人並排而行，走不到幾步，對面有一個工作人員推著輪椅前進，她站開一旁讓路，走近時，看見男病人用皮帶綁在輪椅上，流著口涎，對她傻笑，她看了一愣，轉開臉，望向前面的花園，幾棵大紫藤花樹下一個少女遞了一罐啤酒給一個男病人，男病人接過就仰頭喝了一大口，楊繼續上路，來到第一大樓的服務處找不到步如嫣便滑了手機。

「小如，你到了沒有？」

「我到了很久，在餐廳裡碰到法蘭西斯閒聊，你過不過來？」

「我還是不要做電燈泡湊熱鬧。」

「媽，你好過分喲。」

「我去替三姨婆辦出院手續，搞定了，再和她一起會合。」

「好吧，等會見。」

步如嫣收起手機。

「為什麼你今天會來？」

「今天是帶小孩參加健康講座。」

「你真是他們的保母。孩子的情緒怎樣？」

「唉，真是一言難盡。俊俊沒發生什麼事情，依然天真淘氣；阿文受了暴力對待，表面平靜，心裡有陰霾，對大石塊、溝渠和黑暗的房間很害怕，有時會做惡夢；大雄努力裝作沒事，如常做大哥哥的模範生，其實心中滿腔怒火，要用心開導，但我還是明白他；麗明最複雜，她看著秋羽跳樓自盡，浴血操場，打擊最大，她有時像女孩子活潑無邪，有時像女人感情洋溢，有時像老婦人陰沉多慮，我也摸不透她的心在想什麼。」

「是不是進入青春期，心理霎時起伏變化，多愁善感，難以捉摸。」

「她的身體是進入青春期，但是她過往的經歷，與秋羽的生離死別，生活模式，種種鍛鍊，催化她的心理年齡由兒童期直接蛻變到成年了。」

「我也有這種感覺，上次她到警局為大雄說情，我覺得跟一個大人對話。」

「她很堅強，一定熬得過，只是最近我總覺得她在盤算什麼，她是女生，真令人擔心。」

「尤其是你快要離開。」

「會有其他同事接手，他們是我最初輔導的孩子，最有感情，但是他們一個個遭逢不幸，好在俊俊沒出意外，我第一次看見他時，他是個純真可愛的小男嬰。」

「你的外表是個男人，你的心卻像女人。不過，小英很好，沒出問題，怎麼不見那個精靈俏皮的大食英。」

「本來今天小英也要來，我打電話給她媽媽，她媽媽說小英鬧脾氣，躲在家裡，不肯出門。」

「上次遇到她，她活潑好動，跟孩子們有說有笑，還聯合捉弄了我，沒想到她的心裡有病。」

「她跟孩子們相處得很好，但是只要有成年男子在場，她就變了另外一個人，很容易緊張，脾氣暴躁，對他恨之入骨。」

「是啊，上次她也對白揚突然抓狂，動手打他。可是，為什麼你是例外？」

「我認識她時她很正常，當時她媽媽上午在這間醫院做兼差，負責運送病人，上午將她交付給一間護理院照顧，下午帶她到青少年中心，在旁看守她，一切都很好，但是一年前她經常變得神經兮兮，我問過她媽媽為什麼有這樣的轉變？」

「呂玉珊怎麼說？」

「她好像有難言之隱，良久，吞吞吐吐說出是她爸爸的緣故。」

「高志康？高志康對她做過什麼？但是高志康已死，線索斷了。」

「她沒有再說下去，這是她們的家務事，她不想說，我也不方便尋根究底。怎麼啦？你將這件事情也當作你的案件。」

「它疑點重重，還牽扯了高志康，莫非高志康也對小英有不軌的行為？」

「你不要那麼神經質，高志康明確表示非常憎惡她母女倆，怎會碰小英呢？兔子不吃窩邊草，是自己的女兒嘛，怎忍心下得了手。唉，不過經過秋羽的事情，我也不敢打包票啦，畢竟人心難測。」

此時人聲嘈雜，小孩們、楊慧晴和三姨婆一起進入餐廳，小孩子你追我逐，大孩子交頭接耳，大人聊得起勁。

大家寒暄一番後各自離去，來到大堂時，步如嫣注視左邊一條步道問：

「法蘭西斯，上次見面時我們也在這裡分開，你對著一個女生的背影走下步道發愣，當時初相識，怕唐突沒有問你，那一個女生是誰？」

「為什麼今天卻大膽直言？」

「那一個翠綠色包包和一身黑色洋裝，我見過好幾次。」

「既然認出裝扮和包包，理應猜到是誰？」

「我想跟你確認，是吳懿珩，是不是？你又為什麼發愣？」

「她說跟客戶見面，沒空帶俊俊打流感疫苗，請我也帶俊俊打針，想不到在這裡看到她，我想她的客戶是醫院的職員吧，想深一點，卻不合情理。」

「還有俊俊持續發熱。」

「但是過一天他已經沒事了。還有，你知不知道大雄和麗明是否在交往？」

「不是，麗明斬釘截鐵說大雄太稚嫩，不是她交往的對象。」

「我看見他們竊竊私語，態度親暱，要不然，他們商量些什麼？」

「孩子也有私隱。」

6.

美雪換好著裝，白色緊身的圓領衫，突出了玲瓏浮突的胸部，洗得泛白的藍色牛仔短褲，渾圓上翹的臀部，結實修長的美腿，帆布鞋，長髮櫳後梳了一條馬尾，白皙巴掌桃花臉，清澈烏黑的眼睛，泛藍光的眼白是吸睛的武器。她將社群媒體帳戶的朋友名單隱藏、限制交友邀請、發帖子的對象，斷絕陌生人搜尋及連結個人檔案，只留下龍先生，她把未開封的礦泉水放進背包，出發去一間日本餐廳。

剛踏進餐廳，一名中年男子站起來對她揮手，美雪走向隱蔽角落的桌子，男子站起迎接她，狐狸臉，跟照片一樣，只高她半個頭，小骨架，軟手掌，看上去力量不大。

「嗨，龍先生。」

「你叫我龍爸爸吧，想吃些什麼？」

「你點什麼我就吃什麼。」他點了鮪魚鮪腩、牡丹蝦生魚片、天婦羅和各式壽司，跟著替她倒了半杯清酒。

「我喝水好了。」美雪從背包取出礦泉水放在桌上。

「你怕什麼？」龍先生拿起她的杯啜了一口。

「我不慣喝別人喝過的東西。」

「你很警覺，女孩子是要懂得保護自己。」

「都是從網路看來的。」

「你看我買了什麼給你？」他拿出一個造型可愛的Squishy軟膠哈哈笑玩偶。
美雪露出一絲失望，他假裝沒看見但暗笑，她看見，隨即展開燦若朝霞的笑容。
「你怎麼知道我喜歡Squishy玩偶？聽同學說東京只賣一百元，這裡要多一倍價錢，淘寶賣得便宜，但是品質差了許多耶。」
「我讀國中的女兒也喜歡玩這種玩偶，我拜託一位去東京旅行的朋友買了兩個回來，一個給你，一個給我女兒。要是你喜歡，下次我們一起到東京買一大堆回來。」他笑著說。
「是嗎？我們什麼時候去喔？」
「菜來了，我們先吃東西。」
美雪很優雅用筷子吃生魚片，細口嘴嚼，他盯看她，越看越標緻，越看越愛，她抬頭，揚一下眉，凝視他，伸手向他的臉，他也不避開，她用指甲在他的嘴角蜻蜓點水拈了一粒米飯說：
「想留作當宵夜？」
「等會我們去哪裡？」他泰然自若。
「去逛街，我想看最新型號的『哀鳳』手機」她裝出羨慕的神情。
「我還想去看電影呢，那部情色三級片。」
她的眼神飄向別處，沒有答話。飯後兩人牽著手去逛商場，看了很多通訊行，沒有買『哀鳳』，她只是嘟嘴，分開時，他想吻她一個再會吻，她巧妙地避開，他從皮夾拿出一千元鈔票，她吻他一個再會吻，翩然離去，走遠了回頭再給他一個飛吻，留下遐想。

7.

醫院的病房暗藏騷動，一名剛辦了手續住院的病人不見了，醫院人員說病人住院做小手術割痔瘡，他身體健康，四肢健全只是嚴重視障，能夠隨便趴趴走在醫院內走動，不需要「陽光隊」人員用輪椅推他到病房，工作人員撥他手機是關機的，他們估計該名病人是跑到醫院的花園抽根菸，很快回來。

工作人員將趙樂基放在輪椅，他有點睏和渾噩，他們送他回到第二號樓病房，醫護人員看他精神渙散，問他也沒有反應，便查看他的手帶，核對他頸上掛著名牌的資料，辨識無誤，運送他到一樓第三號男病房，裡頭還住了五名病人，護士安頓他後關上門，在門上的窗子看見他很快睡著，便安心離開。

更深夜靜，趙樂基在睡夢中被人騷擾，有人在他的胸口亂摸，跟著很不規矩用力捏他的下體，他想不是明天才做手術嗎？他要叫出聲喝止，被人摀著嘴巴，只能夠嗚咽低鳴，有人把毛巾塞進他的嘴裡，在他的頸後打個結，他揮拳踢腿反抗，可是他被按壓在床上，他們合力將他全身反轉向天，扯掉他的長褲，有人……。

趙樂基很辛苦一拐一拐走到房門，大力敲門，高聲呼救，醫護人員聞聲跑過來，從窗子看見趙樂基扭曲痛苦的面容，連忙推開大門，亮著燈，嚇了一大跳，發覺趙樂基光著下身，滿是血污，地上和寢具狼藉染血，其餘病人都在打呼嚕，他們連忙抬他到走廊，關上房門。

事情驚動了醫院管理層，醫院總監知道了狀況後，立即警告相關員工封鎖消息，將趙樂基移送到特別房間。

「為什麼會發生那種事情？我只是來做割痔瘡手術。」趙樂基勃然大怒。

「什麼？你叫什麼名字？」

「趙樂基。」

一名年長的護士輕輕拉一下總監的衣袖，走出病房，特地壓低嗓音說：

「總監，前天那邊已經爆出一名十七歲少年病人被同房非禮，強迫手淫，幸好公關部門處理得宜，只有極少媒體以小標題報導，要是這宗醜聞曝光，我們醫院的聲譽必然會受損。」

「我知道，那會影響我們今年的評分，真是個關鍵難題。」

「這個趙樂基是不是『×橋之家』那個賤人？他被控與智障女院友非法性交，但是智障女罹患了創傷壓力後遺症，不能出庭指證他，竟然被他脫罪。」另一名護士小聲說。

「就是他，他有嚴重視障。」

「他是趙樂基，他曾經十多年前就一單非法性交案，上訴法庭討回訴訟費，這次他一定會重施故技，到時醫院的賠償和名譽……。」

「總監，我們先替他消毒傷口治療。」

「唔……，就這樣辦。」總監臉上流露了幾次陰晴不定的表情。

「那麼他床上的血跡和穢物？」

「留下來做證據。」

眾人回到房間。

「趙先生，我們會報案，讓警方來辦理事情。」

「那我怎麼辦？」

「趙先生，請你冷靜下來，我們會依照程序辦事，警察接手後，警方會偵訊證人，務求調查事情水落石出。」

「你叫我怎樣冷靜？我被人侵犯了，你知不知道被人強行進入那一種肉體痛苦是怎樣？那種精神痛苦是多麼悽愴？是多麼無助。」

「明白，明白，請在這裡放鬆休息，護士先替你作初步處理傷口，以免其他器官受細菌感染。」

「你還沒有告訴我這是什麼地方？」趙樂基瞇著眼問。

「這是單人的頭等病房，你很安全。趙先生，護士會替你治療傷口。」

總監說完後離去，兩名護士輕輕將趙樂基翻身，先用一大團棉花吸滿了蒸餾水在他的傷口周圍及身體沖洗血跡黏液，謹慎清洗乾淨後，再用鑷子夾起沾了清潔劑的棉球，裡裡外外擦拭傷口，鉅細靡遺，不斷重覆此步驟，直至沒有任何血跡黏液後，再用紗布擦乾傷口，敷上藥物，貼上膠布，安頓他睡下離去。

「真是天網恢恢，疏而不漏的現世報，神推鬼擁將他送進了精神病房，遭受到同一樣的痛苦劫難。」

「但是為什麼精神病房的交班同事沒有發現收錯了病人？」

「那個精神病人前天才住院，交班的同事未見過他，趙樂基來到時已經昏昏欲睡，叫他也沒反應，大多數精神病人都是他這個模樣，而且他帶上精神科的辨識手帶，頸上的名牌資料也正確，同事沒有懷疑他被掉包。」

「那麼原本那個精神病人在那裡？」

「今天早上清潔工人在男廁的垃圾桶發現了一套醫院病人睡衣，報告醫護行政部，行政部立刻報警。警方在一間二十四小時營業的麥當勞餐廳找到他。那病人供稱他昨天早上已經向護士投訴前晚被人騷擾，可是護士聽了以為他精神妄想症病發，不當一回事，他害怕晚上會再遭殃，昨天下午在廁所換過衣服，將睡衣、名牌和辨識手帶丟掉在男廁垃圾桶，偷偷逃離醫院，他不敢回家，在街上遊蕩了半天，晚上在麥當勞餐廳睡覺。」

「聽上去好像一個局。」

「誰會設這樣一個局？最有嫌疑是智障女的家人了。」

「你看得太多推理小說了。」

8.

美雪接受龍先生的邀請，他要求她穿著他贈送的花裙子、高跟鞋，化妝要成熟，他要帶她到一個神祕的地方，給她一個驚喜，她暗忖就是那一檔事情吧，可是到美國迪士尼樂園呢？不要說法國，日本、韓國還沒去呢，什麼也沒有兌現嘛，她思量如何拒絕他。

她來到約會的咖啡廳，服務生帶她到一個情侶包廂，他理了一個帥氣的西裝頭，穿著筆挺鐵灰色西裝，黑襯衫，配閃亮水綠色領帶，他站起來迎接她，她走近，他摟抱她入懷，她整理他的領帶，撫平他的襯衫，有意無意觸摸他結實的胸膛。

「你好帥，迷倒了我。」

「你也活色生香，令我傾倒。」

「男人對他的獵物都是這樣說。你說給我一個驚喜。」

「看。」

「呀，最新型號的『哀鳳』。」

「為什麼沒有什麼表示？」

「謝謝你，爹地。」

她在他腮邊輕吻了一下，他摟緊她的腰身，在她耳邊低語。

「你如此美貌溫柔體貼，香氣迷人，是我心目中完美的女兒，我好想跟你亂倫。」

「哎呀，你英俊慷慨仁慈，滿滿男人味，叫人難以抗拒，但是人家真的當你是爹地。」

「讓我們一起享受天倫之樂吧。」

「人家不要啦。」

「不要說不。」

他的唇攫住她的唇，她回吻他。

兩人來到著名的情人旅館地區，選了一間裝潢含蓄有格調的店家，他在辦手續，她站在她身後，中年女櫃檯人員瞄她一眼，她對她靦腆淺笑。
兩人相對愛撫，她在他耳邊吹氣，親吻他的脖子，手指用力插入他的頭髮，他受了刺激，意亂情迷，她叫他打她折磨她，他瘋狂打她的臉，用力捏她的胸口手臂，暴力地進入她的身體，她求饒，搔抓他的背，抓出幾道血痕，繼而他抵達高潮，抽搐幾下，癱軟在她的身上，她輕輕推開他，待他熟睡，她揹上包包，拿了棉被包裹身體，取了鑰匙，哭哭啼啼跑到服務處，對著女櫃檯人員梨花帶雨嗚咽說：
「他是虐待狂，變態佬，我被他強姦了。」
中年女櫃檯人員看著她純真俏麗的臉蛋、肩膀的粉紅瘀痕，愣了一下，立刻安置她到後面的辦公室躲藏，急忙打電話報警，過了不久，兩名男女警員來調查，他們向美雪問話，核對她的個人資料，查看她的身分證，即時通知警方調派人員捉拿嫌疑犯，美雪被帶到法醫驗傷，再回警局錄口供。
警方人員發覺房門鎖上，破門入內，龍先生被巨響驚醒，看見一房間警察，發覺自己裸體，抱著枕頭囁嚅地問：
「發生了什麼事？」
「我們捉拿你強姦未成年少女。」
「什麼強姦未成年少女？她已經滿了十六歲，是援交女，自願跟我做愛。」
「你有權保持緘默，但是你現在所講的說話，將來會作為呈堂證詞。」
「我講的全是真的，我有證據。」
「不要多講廢話，快點穿上衣服回警局錄口供。」

眾多警察嚴肅地看著龍先生狼狽地穿著衣服，黑布袋蒙面，帶回警局。

白揚回到辦公室放下一大堆文件說：

「步督察，剛才我經過重案第二組的大堂，他們連中二元，接了二單風化案，一單是男人，發生在××醫院，主角是『×橋之家』的趙樂基，一單是援交女，兩人報稱被強姦。」

「不要那麼八卦，我們手上的高志康命案還是毫無頭緒，那是別組的事情，不要插手，也不能插手，這是潛規則。」

「我想你會很有興趣，那跟法蘭西斯有關。」

「什麼？你不是說笑吧？」

「看你緊張的樣子，心痛了嗎？是跟法蘭西斯有間接關係，他的心血白費了，將會很失望，那個被強姦的援交女是麗明。」

「麗明！」步如嫣睜大眼睛。

9.

兩名刑警來到醫院的特別病房向趙樂基問話。

「趙先生，請你詳細說明你來到醫院直至事件發生的始末。」

「我昨天下午一點來到醫院，辦理進院手續做割痔瘡的手術，這個手術是我一年前發病，到醫院看診，排檔期到昨日做的手術。」

「你自己一個人到醫院嗎？有沒有其他人知道你住院？」
「我自己來，只有幾個朋友知道我住院。」
「請繼續。」
「我辦理好住院手續後，他們說一會有『陽光隊』工作人員將我運送到病房，安頓後，我的菸癮發作，醫院裡不准抽菸，要我到花園抽。」
「後來怎樣？」
「我坐下不久，有幾個小孩跑過來玩樂，還圍繞著我的座位跑動，他們隔著我互相攻打，不小心將我手上的香菸打在我身上，我被香菸燒痛了，十分惱氣，大聲喝止他們，有一個女生聞聲跑過來對我不斷道歉，帶走小孩，臨走前問我要不要喝東西，喝些什麼，我抽了菸，覺得有點口渴，回答想喝啤酒，過了一會，她送上一罐啤酒，我拿過來就喝，喝光後坐著怪無聊，不知不覺就睡著了。」
「你認不認得那些小孩和女生？那女生年紀多大？」
「我怎認得那些小孩和女生，就算戴上眼鏡也只看見矇矇朧朧的影像，那女生的聲音清脆悅耳，我猜她是少女。」
「你記不記得什麼時候戴上識別手帶？怎樣到病房？」
「我也不知道什麼時候戴上了識別手帶，我睡得模糊，只隱約感覺到有人替我戴上，之後我感覺被移送到一張輪椅，有人推動我，又聽到有人問我問題，可是我睏得沒力氣回答，有人將我搬運上床。」
「在病房裡發生了什麼事？」

「我睡到半夜，有人摸我。」
「摸你那裡？」
「……屁股……下面，接著有人用毛巾綁著我的嘴巴，反轉我的身體，背脊向上，剝掉我的褲子，侵犯了我。」
「有多少人侵犯你？」
「我不知道，我只記得他們出出入入數次。」
「你認不認得那些人？」
「當時黑漆漆，我眼力不好，看不見，身體被反轉，我根本看不到是誰作案，但是房間還有他們五個，一定是其中一人。」
「明白。多謝你的合作。」
「你們何時將這件強姦案件存檔？」
「現在是初步蒐集證據，未知何時決定案件性質。」
「決定後，請通知我，我要控告醫院。」
兩人退出去找昨日下午處理趙樂基案件的主管。
「真是狗改不了吃屎。」
「不要理會這種小人。現在手上的證據很脆弱，他根本認不出那些小孩、女生和侵犯他的精神病人，更遑論逮捕嫌疑犯，錄取口供，而且在他身上找到的物證來看，他的如意算盤要落空了。不過，我們也要向院方澄清一些問題。」

他們找到那個主管。

「你們怎樣找到趙樂基？為什麼會送他到精神科病房？」

「昨天下午一個男孩跟『陽光隊』的成員說，有一個精神病人在花園昏倒了，我們聞報立刻派護士查看什麼狀況，發現他在打呼嚕，口吐酒氣，再檢查他的身體，一切正常，他只是喝醉睡著了，發現他帶上精神科的辨識手帶和名牌，便吩咐『陽光隊』工作人員送他回病房。」

「他旁邊有沒有啤酒罐或酒瓶？」

「沒有。」

「『陽光隊』是什麼組織？」

「『陽光隊』是輔助醫護人員的兼差隊伍，成員多數是家庭主婦、退休人士和打零工的大學生。他們入職時接受培訓，工作範圍包括協助清潔病房、為出院病人領藥，運送病人，我們醫院的住院率達到一百二十個百分點，超額接收病人，『陽光隊』支援及減輕我們的行政工作，加快騰空病房給更多病人入住，讓醫護人員集中精神照顧病人。」

「但是你們還是搞錯了。」

那主管沒有作聲。

「趙樂基說他不知道何時配帶了識別手帶，那條識別手帶有什麼作用？」

「只有精神科病人及嚴重病患的病人才會配帶識別手帶，讓醫護人員留意。趙樂基為何會配戴上識別手帶我不知道，我們的員工沒收到指示替他配帶。」

「謝謝你。」

兩人駕車回警局。

「事件很明顯有人在背後策劃，第一點花園裡出現的小孩和少女，第二點趙樂基戴上了辨識手帶，還有他喝過的啤酒可能被下了藥。」

「第一、二點是成立，第三點是假設，我們未能找到啤酒罐或酒瓶。但是作案者如何知道趙樂基會住進這間醫院？他怎麼知道他會到花園抽菸？為什麼要送他到精神科病房？他的動機是什麼？」

「最知道趙樂基的動向是在醫院工作的人，嫌疑犯會是護士？還是『陽光隊』的成員？」

「可惜花園裡沒有監視器，沒辦法知道那些小孩和女生的容貌。」

10.

步如嫣即時通訊了法蘭西斯，他回覆他在教會的宿舍，請她到青少年中心會面，有事商量。步來到法蘭西斯的辦公室，他沒有沮喪，步一臉嚴肅問：

「法蘭西斯，你見過麗明？你知道了？」

「見過，她告訴警方我是她的監護人，警方傳召了我問話，剛才我送她回宿舍。」

「警方問了些什麼？」

「無非是麗明的資料如家庭背景、生活細節、嗜好和活動範圍，交些什麼朋友，警方告訴我麗明的網名叫美雪，金主叫龍先生，還苛責我不好好管教麗明。」
「啊。你懷疑什麼？」
「我覺得事有蹊蹺，我知道麗明很辛苦才走到這一步，她潔身自愛，有理想，不是貪圖物質享受的女孩子，當刑警說她為了最新型號的『哀鳳』出賣自己，我簡直不敢相信，是我看錯人？還是我教導方法出了問題？」
「麗明的反應怎樣？」
「她很冷靜，沒有羞愧，沒有哭泣，沒有懊惱，沒有激動，沒有後悔，連辯白也沒有，只講了一句『辜負我的教誨，害我傷心。』還給了我一個洞悉世故的眼神，不發一言，我問她什麼也不答。」
「你想要我找出她的祕密？」
「是，我不相信她為錢援交，其中必定有原因，我想知道真相。」
「好吧。我們先重頭開始，現在網路縱橫，威力驚人，在網上有許多掛羊頭賣狗肉的徵友網、成人網、男女交友網、約會平台，都是性交易的管道。麗明也是透過網路找尋客人，但是她要製作網頁，將網頁上傳到網路，才能釣到客人，她懂得多少ＩＴ技術知識？」
「她對ＩＴ技術知識不甚了了。」
「她會問誰？」
「我想她會問大雄。」
「我們晚點去問大雄。現在我們要去那間情侶酒店做現場勘察。」

「我們？」

「這是另一組負責的案件，不可僭越，我不能秀出警察身分去調查，我一個單身女子走進那酒店會惹人注目，你就做我的道具吧。」

他們來到那一間情侶旅館。

「兩位，想要怎麼樣的房間，各國風情，任君選擇，水床、吊床、電動圓床，重口味的，變態性虐待，應有盡有。」一個中年女櫃檯人員一直在推銷。

「我想找那一位接待強姦案那對男女的櫃檯人員。」

那個女人打量步如嫣說：

「你們是警察？我們給你們麻煩夠了，你們真是瘟神，客人看見你們的軍裝警員駐守，立即夾著尾巴掉頭走，害慘我們一整天的生意也泡湯了，我要說的已經說過了，沒有什麼能夠補充，請移玉步。」

「我們不是警察，我是那個女孩子的姊姊，他是我的鬼佬朋友，我媽聽到我妹年紀輕輕竟然援交，氣得心臟病發住進了醫院，我想查出她是否真的援交？還是她很愛那個男人？」

「我就是那個櫃檯人員。你們兩姊妹長得好漂亮喲，你妹妹比你清純，一副不諳世事的樣子，尤其是她不能駕馭高跟鞋的笨拙相，當時她站在那個帥哥後頭，不怕羞對我咧嘴一笑，她笑得天真幼稚，我看她頂多十五歲，哪裡懂愛情，肯定是來自破碎家庭，缺乏親子溫暖，鬼迷心竅。」

「阿姨，請你手下留情。那個男的長得什麼樣子？」

「那個帥哥是識途老馬，低著頭辦事，不跟有我眼神接觸，他不高，身材適中小骨架，四十出頭的年紀，倒三角型狐狸臉，長得清秀，理了個很酷的西裝頭，手指白嫩細膩，指甲整潔，像個知識分子有文化的人，穿著體面，那套鐵灰色細條西裝是外國高級貨。」

「我們可不可以看那個房間？」

「那個房間還沒有整理，很亂耶，你們還是租用別的房間吧。」

「我們租用那一個房間好了。」

步如嫣向法蘭西斯望了一眼，他立刻打開皮夾。那個女櫃檯員數著鈔票說：

「既然你們不嫌棄鎖不上門，那就由得你們呢。」

「那道門為什麼鎖不上？」

「那幫條子捉拿帥哥時，發覺房門鎖上，我本來想拿備用鑰匙開門，但他們已經踢破房門入內。」

女櫃檯員推開房門讓他們進入，那張大床十分凌亂，還保留了雲雨的痕跡。

「當時房間的情形怎樣？」

「我想看熱鬧，條子把我驅趕，我瞥見帥哥光著身子被驚醒，只略略聽到他跟條子辯說你妹子已經滿十六歲，自願嘿咻。」

「那麼誰發現我妹妹被強姦？」

「你妹子包著棉被裸體跑出來，哭哭啼啼說被變態佬強姦，她的臉和胸口被捏得都是粉紅痕跡，我安置她到辦公室，打電話報警，她一直飲泣，兩個男女警員來到關上門問話，不一會就有條子來捉拿帥哥。」

兩人到處看了一會，沒甚發現，拍了幾張照片離去。

「法蘭西斯，你對那位阿姨的證詞有什麼發現？」

「她形容麗明不懂得用高跟鞋走路有點奇怪，麗明是學習跳舞，她能夠穿著高跟鞋跳出優美的舞姿。」

「阿姨對麗明的印象是青澀害羞的女孩，跟我接觸那個成熟沉穩的麗明大不同。」

「了解。我要去問陳法醫麗明的驗傷報告，我是攀交情問她，你不大方便在場。」

「步，我很痛心，不知麗明有沒有受傷？」

「明白，我要知道麗明援交的原因。」

「了解。還有，你覺不覺得那個男的形象很熟悉。」

「是啊，阿姨好像形容她的韓星偶像。」

步如嫣來到陳法醫的化驗室，她那陀螺狀的體形俯身在顯微鏡上像隻河馬在吃草，陳法醫瞧她一眼說：

「無事不登三寶殿，你來幹嘛？」

「這廟的菩薩最靈，特來求一支好籤。」

「你當我是黃大仙，有求必應。」

「你是觀音大士，慈航普渡，只求佛偈解困。」

「少貧嘴，想知道什麼？」

「援交女美雪被強姦案。」

「那不是你的案件。」

「美雪是我朋友的女兒。」

「你朋友也如此好家教。」

「放過我吧。我只會聽，不會錄音。」

「好吧。」

「她曾否性交？」

「她體內有他的精液。為什麼這女孩子那麼蠢，做她們那一行都懂得保護自己。」

「是啊，她不會不知道，可是為什麼呢？美雪驗傷時的態度如何？」

陳法醫凝神想了一會說：

「是的，她與眾不同，她滿身紅瘀，似被人虐待也不在乎。大多數被強姦的女子都是淚流滿臉，痛不欲生的樣子，最堅強的女子也是先強忍眼淚，最後還是崩潰瓦解，痛哭不已，可是美雪卻十分冷靜描述她被強姦的經過，形容她如何奮力反抗他的強暴，還清楚指出他的身體特徵，全程沒流過一滴眼淚。」

「那真的很奇怪，她的證詞好像要置他於死地。」

「正是這種感覺。」

11.

步如嫣即時通訊她媽媽說回家吃晚餐，她媽媽叫她買一隻紅燒乳鴿加菜。晚餐後她清洗了廚具碗筷，累得大字形癱在沙發上休息，她媽媽忙著滑手機。

「媽，你又跟周叔叔手機傳情，你們真像洛可可的男女。」

「才不是，我在看新聞。」

「你跟周叔叔怎樣？還在玩曖昧？」

「那是愛情最引人入勝的部分，比之愛情甜蜜期更牽動人心，互相刺探，猜想妄念，縈迴心頭，令人心癢癢又期待，可是一旦戮破了，又不傷脾胃，皆因未曾付出，沒有什麼大不了的事情。」

「你將你們的情愛保存在曖昧賞味期？」

「不，我們各自各精采，沒有牽掛的愛情才瀟灑。」

「真的好酸，不要故作瀟灑啦。今天有什麼特別新聞？」

「有一段小標題的新聞報導，××醫院一個男病人在精神病房被其他病人非禮。」

「××醫院不就是我們前天接三姨婆出院那一間嗎？那一個男病人是趙樂基，他不是被非禮，他報稱被強姦。」

「你怎知道是強姦？為什麼事件會在精神病房發生？」

「白揚告訴我第二組正在辦理他的案件。是啊，他是正常人，為何會住進精神病房？」

「你知道這個趙樂基嗎？」
「知道，是『×橋之家』的前院長，被控與智障女院友非法性交。」
「那麼你知不知道智障女是誰？」
「看你神祕兮兮，那個智障女跟我有關係嗎？」
「你一點就明白，不愧是我聰明的女兒，那個智障女就是高小英。」
「什麼？高志康的女兒，可是法蘭西斯說呂玉珊暗示是高志康對女兒下手，為什麼同樣是社會福利界，法蘭西斯什麼也不知道？」
「華人喜歡說三道四講閒話，趙樂基非法性交事件在社福業流傳已久，法蘭西斯是洋人，他們尊重別人的私隱，沒有品頭論足的習慣，其他社工不會在他面前嚼舌根，他不知道也不足為奇。呂玉珊不想家醜外傳，瞞騙了法蘭西斯。」
「『×橋之家』事件的來龍去脈是怎樣？」
「案件在審理時並沒有透露太多細節，直到趙樂基上訴法庭討回訴訟費，案件的細節過程才全面曝光，趙樂基敗訴，法官的判詞為『被告在本案自招嫌疑，控方無奈撤銷控罪，可說是被告的幸運，受害人或社會的不幸，本席拒絕被告取回訴訟費。』」
「不要賣關子啦，我要重點，重點。」
「本案有四大疑點，一是院舍內的監視器拍攝到趙樂基和事主進入辦公室，事主離開辦公室時整理褲頭；二是院友用手機透過打磨的玻璃房門，拍到趙樂基在辦公室內對事主磨蹭，兩人糾纏拉扯的動作；三是在辦公室的垃圾桶裡找到一張染有趙樂基精液的紙巾，精液混和了事主的口水DNA；四是事主每次離開趙樂基的辦公室都是情緒失控，哭哭啼啼。」

「那麼趙樂基怎樣反駁疑點？」

「他的辯詞是這樣，他跟事主進入辦公室是輕鬆平常的事情，不能夠證明他曾經對事主有不軌的行為；他對事主磨蹭是逗事主開心，事主被逗樂才跟他拉扯；那一張染有精液的紙巾，他先說午睡夢遺，後來改口說在辦公室手淫，用紙巾擦掉精液丟進垃圾桶，事主打翻了垃圾桶，她的口水接觸了精液；他說事主經由精神科醫生診斷，患有輕微妄想症，事主有情緒方面的疾病，會忽然哭泣；醫生證明事主仍是處女，何來性交。趙樂基更揚言自己才是受害者。」

「就算曾經性交，處女膜也未必會撕裂，他最後一點的辯詞很牽強，而且他的精液混和了事主的口水，很難說服大眾這事件屬於正常。不過這類單對單的案件，舉證艱難，就算有物證，也要小英應付得了辯方律師刁鑽的盤問，小英罹患了創傷壓力後遺症，根本不勝負荷個中壓力。」

「事情還有後續，媒體翻出來他十多年前也曾被控告強姦智障女，後來因為事主在庭上的口供前後矛盾，也撤銷控罪。最近也有人提告三十年前被他非禮，警方請他問話。」

「可是社會的討論焦點已經轉移到私人院舍的經營不符合標準，智障女受害的慘情沒有人理會，弱勢社群繼續受到壓迫，沒有得到援手。」

「還有那天我去××醫院，我從側門進入，看見花園裡一個少女遞了一罐飲品給趙樂基，那背影好像是麗明。」

「你能不能夠肯定那是麗明？」
「我只是驚鴻一瞥，背影十分像，但沒有看見她的臉，無法肯定就是她。」
「你的證詞太模糊，在法庭不會被採納。」
第二天步如嫣來到青少年中心，逕自走到兒童玩具室，看見小英獨自一人玩樂。
「小英，你好啊，為什麼只有你一個人？」
「大雄沒有空，麗明、阿文和俊俊晚點來。」
「為什麼前天不到醫院啊？」
「我也好想到醫院跟他們見面，但是媽媽說那個衰人會到醫院來，說不如到海洋公園坐雲霄飛車，其實我最想去迪士尼樂園看白雪公主和奇妙仙子，但是我知道媽媽沒有錢，只好假裝喜歡到海洋公園。」
「大雄他們知不知道你不去醫院？」
「去醫院前一天麗明給我即時通訊，問我去不去醫院，她說有個Squishy哈哈笑玩偶送給我，我告訴她那個衰人會來醫院，媽媽會帶我到海洋公園玩，她說今天會帶那個Squishy玩偶給我。」
「什麼那個衰人？」
小英聽了淚盈滿眶，淚滴如珠，步如嫣連忙掏出手帕給她拭淚。
「是趙樂基。」
「大雄他們知不知道那個衰人？」

小英點頭說：

「有一次我想起那些事情，忍不住哭泣，他們安慰我問我原因，秋羽聽了第一個哭起來，接著是麗明，阿文和俊俊也哭了，大雄手忙腳亂在一旁乾著急，我們哭夠了，大雄責罵那兩個小鬼為什麼男孩子也愛哭，他們說看見我、秋羽和麗明哭得傷心，雖然不知道發生什麼事情，他們也陪著哭了。後來大雄請我們到麥當勞吃漢堡包，大家都很開心，但是，秋羽已經死了。」

「為什麼沒有告訴法蘭西斯叔叔？」

「那個衰人搞了我好幾次，我不懂得應付，只是哭鬧，後來媽媽發現了，告訴警察，說警察會拉那個衰人，叮囑我那是一件羞恥的事情，叫我不要告訴別人，連法蘭西斯叔叔也不要講。」

「步督察，為什麼惹哭小英？」呂玉珊衝進來，怒目相向。

「媽媽，不關步姊姊的事，是我想起秋羽，傷心哭出了來。」

「對不起，我來找法蘭西斯，看見小英一個人便跟她聊起來。我先走了。」

步找到法蘭西斯問：「那天在醫院你告訴我呂玉珊在××醫院做兼差，她做那一個職務？」

「她是『陽光隊』的工作人員。」

「明白了，我回警局，你能否約大雄見面？我們一起向他問話，約好了請傳我即時通訊，我先走了。」

「你總是來去匆匆。」

12.

步如嫣回到警局，走到重案第二組頭頭的跟前，一屁股坐下說：

「一哥，有沒有興趣交換情報？」

「咦，女神探也有求人的一天嗎？」

「是他們到處胡扯，我可沒有承認過什麼啊。一哥，我們互助互利。」

「你先秀你的牌。」

「『×橋之家』案件趙樂基被撤銷控罪，跟他非法性交的智障女叫高小英，是我案件死者的女兒，她的親戚是『陽光隊』的工作人員。」

「想交換什麼？」

「趙樂基被非禮案。」

一哥在鍵盤上點按一番，低聲說：

「老規矩，只許看。」

跟著他站起身離去，一會兒在走廊碰見他，步如嫣從容不迫在他的耳邊說：

「呂玉珊。」

步回到辦公室時收到法蘭西斯的即時通訊，說大雄在酒吧街打零工，約了一個小時後在小公園的涼亭見面。

步早到了一點，涼亭建在大溝渠旁邊，一排雜樹沿渠而生，對面是「劉伶吧」，時值午餐打烊，沒什麼客人，涼亭是唐風式樣，四角有四組石桌石凳，石桌上刻有棋盤，步隨便坐下，不一會法蘭西斯到來，少頃，大雄跨過石橋而來。

「大雄，你跟你媽怎麼樣？」

「跟以前一樣，如常過日子。」

「最近有沒有見過麗明。」

「前天我們一起到醫院，昨天一整天也沒有見過她，傳她即時通訊也不回覆，不知她野到哪裡去。」

「你喜歡麗明？」

「嗯。她說她也喜歡我，但不是那一種喜歡，她說法蘭西斯叔叔教導她不要利用別人對你好，但是你不喜歡他，卻盡情使喚他。」

「可是你甘心情願為她做任何東西，例如：替她製作網頁。」

「你怎麼知道？」

「是你妹妹那件案子，她到警局為你求情，她說你忙著做網頁，那是怎樣的網頁？」什麼時候做的？」

「是一個星期多前的事情。」

「是否秋羽死後不久？」

「是，她說想製作網頁上傳到臉書給群組，她約我到中環海旁的摩天輪拍照，她穿了件小背心，磨白的牛仔短褲，我們在摩天輪廂座拍了一些很性感的照片，我妒忌說這些照片很容易令人想入非非，她輕描淡寫說要趁青春留倩影，在對答方面我真不是她的對手。後來我們到了前面那一間網咖，下載影像處理軟體修改照片，製作網頁，又教她如何上傳網頁，上傳網頁較為複雜，我列印了那些步驟給她，她試了幾次才能掌握，跟著她說需要練習，叫我先走，我聽她的話，但是越想越不對路，回頭偷看她，我在她後面的電腦看著她將網頁上傳到徵友網，還將網頁寄到一些電子信箱，我很沮喪，她在找尋援交對象。」

「那是什麼電子信箱？」

「隔得太遠了，我看不清楚，只是看見『school』英文字，好像幾個電子信箱都有。」

「多謝你。大雄，你想不想知道趙樂基現在的狀況怎樣？」

法蘭西斯不解地看著步如嫣，大雄愕住。

「什麼趙樂基？我不知道你在說什麼。」

「那個涉嫌與小英非法性交的衰人，他在精神病房被其他病人非禮，報章也有報導。」

法蘭西斯驚訝地問：「怎麼一回事？」

「呂玉珊騙了你，她誤導你是高志康幹的好事，死人不會說話嘛。事情在一年前發生，小英在『××橋之家』被趙樂基強暴，她的情緒方面的疾病就在那時候開始，後來小英告訴了大雄、麗明他們。前幾天小英告訴麗明說趙樂基在前天住進××醫院，麗明告訴了你，你們留意他的動向，機會來了，你在男廁所垃圾桶找到精神病人的名牌和辨識手帶，麗明發現趙樂基在花園裡抽菸，就教阿文和俊俊繞著他跑，互相攻打，故意打落他手上的香菸，燒痛了他，麗明出面道歉，還主動賣給他飲品，趙樂基選了啤酒，這一點又幫了你們，他有嚴重視障，他看不清楚拉環，麗明替他打開，還放進了安眠藥，趙樂基的證詞說『她送上一罐啤酒，我拿過來就喝。』證明麗明替他打開啤酒，為什麼酒裡下了藥？他的證詞說『又聽到有人問我問題，可是我睏得沒力氣回答。』一罐啤酒不能使酒鬼喝醉，其中一定下了藥才使得趙樂基睏得沒有氣力回答，趙樂基昏睡後，你們替他掛上名牌和戴上辨識手帶，處理了啤酒罐，跟著輪到你上場，證詞裡有一句『昨天下午一個男孩跟「陽光隊」的成員說，有一個精神病人在花園昏倒了。』為什麼男孩肯定是精神病人，就算成年人也很難分辨，除非他一早知道，那個男孩就是你。」

法蘭西斯沉穩地看著大雄。

「為什麼你們大人做了壞事，不用受到懲罰，趙樂基明明強暴了小英，他不用坐牢，逍遙法外，還振振有詞說他是受害者，但是真正的受害者是小英，小英在事情發生後經常做惡夢驚醒，每次想起那件事，就會發抖打顫哭泣，我們看見她所受的痛苦，卻不能幫她，我們能做什麼？你們又做了什麼？法律是公正嗎？法律沒辦法將壞蛋繩之以法，還讓他逍遙法外，你們大人真得很虛偽、很髒。」

大雄咆哮過後，哭著跑走了。

「法蘭西斯，大雄就看你啦。」

「真想不到你出其不意向我投擲了一個醜陋的真相，這種事實連大人也承受不了，真難為他們憋在心裡那麼久。」

「不要婦人之仁，他們也犯了錯。」

「面對蠻不講理的制度暴力，我只能安慰他，不能平熄他心底的怒火。」

「我也無話可說。」

「一個公義、公平、公正的政府和社會總會寬容地給機會年輕人改過。希望麗明也得到同樣的機會。」

「法蘭西斯，你太看輕麗明了。我不跟你聊啦，我要回警局確認一件事，保持聯繫。」

13.

刑警來到趙樂基的病房。

「趙先生，我們徹底調查後，法醫報告說你體內並沒有發現精液，也沒有別人的ＤＮＡ，你的痔瘡傷口爆裂，原因有很多，但是沒有證實有人曾經進入你的身體造成，你身體也沒有其他傷口，沒有採集足夠證據。」

「那是護士事後替我清潔。」

「她們說是你同意那樣做。」

「他媽的，她們洗去證據，我要告她們。那麼寢具上的精液和血跡呢？」

「那是其他人的精液，血液是你的，證明他們曾經在你的床上活動，就算這樣，也只會構成非禮罪，而且你無法辨認嫌疑犯，因此我們找不到嫌疑犯。」

「你們不能將房裡五個人的ＤＮＡ比對那些精液嗎？」

「事實是你沒有被性侵，他們不是嫌疑犯，而且是精神病人，我們不能要求他們檢驗ＤＮＡ，比對精液的ＤＮＡ。況且房門沒有上鎖，其他人也能偷偷進入房間犯案。」

「你們的結論是什麼？」

「我們會將案件列為疑似非禮案件。」

「什麼？不是強姦罪嗎？我覺得被侵犯了，我是受害者，這樣對我公平嗎？我不能控告醫院行政失當令我精神創傷，什麼賠償也沒有。」

「我重申你體內沒有精液，你可能被其他物體入侵。對不起，我們先走了。」

刑警匆匆離去，只留下趙樂基無助地呼天搶地，捶胸頓足，控訴法律不公平。

在醫院總監的辦公室。

「總監，刑警回答案件會列為疑似非禮案件。」。

「真是太好了，幸好你們隨機應變，快刀斬亂麻，我們才逃過一劫，今年的評分不會降低，明年的資助撥款沒有減少，不用裁員了。」

14.

律師走進羈留室，跟龍先生商討案情。

「律師，你們有沒有跟美雪的監護人協商，美雪是自願跟我發生性關係？」

「我們跟美雪的監護人接觸，他是個外國人，平和地跟我們討論問題，但是美雪的態度異常堅決，堅稱你用武力拉她到情侶旅館，禁錮及姦淫了她，她的供詞也是同樣肯定，驗傷報告證實她的體內有你的精液。」

「怎會這樣？是她勾引我，她先寄電子郵件勾搭我，我才回覆，電子郵件上面有日期，你有沒有將電子郵件給警方看嗎？」

「警方看過了，說會將電子郵件當做證據。但是有一點十分重要。」

「那一點？」

「美雪並不是滿十六周歲，她還差一個月才滿十六歲。」

「什麼？十六歲？她有前有後像個成熟小女人，怎麼會不夠十六歲？跟十六歲以下的女生性交有什麼刑罰？」

「若與十六歲以下女生性交，只要對方否認是自願，也當作強迫性交，俗稱強姦，一經定罪，最高刑罰可被判終身監禁。還有，她的背景是……。」

「怎會這樣？……，呀——，我完蛋了。」

步如嫣步入羈留室，發覺擠滿了人，抬頭一看，發現一具屍體懸掛在消防灑水器，耷拉腦袋，眼睛睜開，微微突出，牆上赫然用硬物劃上『基×中學。』

「果然是他，原來如此。」步如嫣喃喃自語離開，她聽到後面傳來竊竊細語。

「他怎樣找到那樣東西上吊？」

「當日同事在報案值日官面前對他搜身，沒有發現物品能用來自殺，也沒收了他的領帶、皮帶和鞋帶，懷疑他途經報案室當警員不注意，帶走了電腦網路電纜，以作後用，他的律師走後不久，他將電腦網路電纜綁在消防灑水器上吊。」

「為什麼過了這麼晚才發現他上吊？」

「羈留室是最猛鬼的地方，有事沒事才不會走進去。」

15.

第二天步如嫣傳了即時通訊給麗明：

「趙樂基案件還有內幕，想要知道嗎？今天下午三點在港鐵鑽石山站C2出口等候，我們去志蓮淨苑和南蓮池園。」

「好的，等會見。」

步準時到達，須臾，麗明步履沉穩出現，神情泰然自若，兩人打過招呼，步行五分鐘到達「志蓮淨苑」，那是仿唐朝木建築的廟宇，他們走進「南蓮池園」的花園環迴步徑，園中央有大小水池做軸心，精緻的仿古亭臺樓榭環池而立，草木茂盛，鳥語花香，步移景換，兩人抵達「亭橋」休憩，步抽出檀香扇搧風，香氣飄浮，細賞「松茶榭」，樓閣造型古樸，唐風迴廊曲折幽逸，麗明憑欄觀魚，驚呼燕叫，明眸皓齒，意態嬌憨，是一道動人的風景。

「怎麼啦？你帶我來遊園玩樂？」

「你們當初想怎樣懲罰趙樂基？」

「以步姊姊的聰明，我們的能耐只能做些惡作劇，對他開點小玩笑而已。」

「卻是個出人意表的結局，如你所願他被精神病人嘿咻。」

「應有此報，終於替小英報了一箭之仇。既然真相大白，我可以走啦？」

「你們收拾了趙樂基，又憑個人之力對付曾尚崙，手段精奇毒辣，媲美王熙鳳，你的腦袋是啥？法蘭西斯要是知道會怎樣想？」

「那個王熙鳳？」

「『紅樓夢』裡一個厲害人物，毒設相思計害死人，你也設局害死曾尚崙。」

「你形容我像『月光寶盒』的蜘蛛精，我那裡及得上王熙鳳？」

「你以自身做餌，找大雄拍攝了一些性感的照片，製成網頁上傳網路，還特地寄到一大堆電子郵件，漁翁灑網，大雄懷疑你援交，十分沮喪氣惱。」

「是嗎？由得他怎樣想吧。」

「你將網頁寄到那些電子郵件，是有目的而為，你誘捕你的獵物，你在勾引某一個人，大雄看見你寄出的電郵地址有『school』這個英文字，『school』用於學校名稱，我推測你要勾引的對象是學校的老師，要是自家學校老師，你直接找他就行了，不需使用如此迂迴曲折的方法，你要降低獵物的戒心，你要令他感覺是他主動釣到的、嫖的是外面的援交女，這就是你的目的，可是為什麼是學校？我想到秋羽慘死，她死前一定向你透露了祕密，最後曾尚崙上鉤了。」

「很合邏輯。」

「他終於帶你到情侶旅館，對他是無可逆轉的死亡陷阱。女櫃員對你的印象是青澀害羞的女孩，你刻意在她面前裝作天真無邪孩子氣，因為她是你最重要的證人，你要她證明你是孩子，什麼也不懂，被曾尚崙誘騙到旅館姦淫，你們辦完事後，你跑出來呼救強姦，這樣就坐實了曾尚崙的罪名，萬劫不復，當警員破門捉拿曾尚崙，我就想到是你鎖上門，你要阻止曾尚崙逃走，你將自己偽裝做一個無知少女，被中年色鬼看上了失身，所有不知內情的輿論都會一面倒地同情你，一切都是你精心安排，你兵不血刃，置他於死地。」

「嘿。」

「讓我拆穿你的把戲，我到法醫查問，她說你體內保留了他的精液，你不是沒有這方面的知識，你知道如何保護自己，但是你以身作餌，故意任由他在你體內射精，烙下有力的強姦證據，你很冷靜交代曾尚崙如何使用暴力，他的身體特徵，一個少不更事的孩子怎何能清晰描述事情的細節？成人遇到這種事情也會驚恐萬分，羞愧自責，手足無措，混淆過程，但是你有備而戰，你的證詞就是要他的命，而且你還有一件很有力的武器。」

「是什麼？」

「你知道你未滿十六歲，只要他跟你性交被警方當場捉拿，他就必死無疑，就像一隻貪色障眼的雄蜘蛛，貪圖一時之快，被你活剝生吞噬食。」

「你有什麼證據？」

「曾尚崙死前在羈留室劃了一個名字，他劃了『基×中學』，他的律師告訴他，你是基×中學的學生，他就想到你是秋羽的好朋友，他跌入你的陷阱，反覆思量推論你要為秋羽報仇，設局害他，他中了你的詭計，身敗名裂，前途盡毀，更不能面對親戚朋友，死亡是他對名譽的最後救贖。當初我以為秋羽將手機拋擲下來，是為了保護曾佳民，不，她是保護你，她將祕密用即時通訊傳給你。你策劃日後的毒計，其實警方已經在偵查。」

「你們能做些什麼？我被那班流氓欺負，你們幫得到我嗎？小英被污辱，生活在水深火熱中，趙樂基還不是無罪釋放，痛快過活，秋羽被她媽媽強逼迫跳脫衣舞真人秀，你們還蒙在鼓裡，高志康用手機拍攝她裙底春光，還揚言放上網路，推她到絕路尋死，曾尚崙姦污了她，見死不救，他們做了壞事，沒有受到法律的制裁，你們還不是那一句『沒有足夠證據提出控告。』你們大人互相包庇，掩飾無能，真的很髒很屎，既然法律沒能將他繩之於法，不能懲治壞人，我就用我自己的方法對付他。」

「最後你還不是利用法律逼死了他？但是你的犧牲也太大了，女生不只第一次很重要，是每一次都很重要，你何苦為曾尚崙那種禽獸糟蹋自己？」

「法律是公正嗎？能為我們討回公道嗎？執行法律都是官員，他們都是傀儡，盲從上意，隨意扭曲法律，公民能做些什麼？我這一次犧牲是為了秋羽，也是最重要的一次。」

步如嫣愣住，無言以對。

「步姊姊，你會怎樣對法蘭西斯叔叔說？要是他知道秋羽死亡的祕密……。」

步看著她思索了一下，冷靜的說：

「你跟我講條件做交易？你捨得大雄傷心，就捨不得法蘭西斯傷心。」

「你何嘗不是一樣嗎？」

「麗明，你修煉成精了。」

「我念的是社會大學。你有沒有住過一個房間十張床只有寢具，旁邊一張小茶几，那是你所有，夏天房間總是飄蕩人體的汗臭汗味，廁所浴室在走廊的盡頭，冬天冒著冷風上廁所、沐浴，早上與人擠著洗臉，脫衣穿衣總會被人看見，對管理員不斷說謝謝、奉承，唯恐禮貌不周，我多麼希望有家人對我說『不要緊，你回來吧。』」

步如嫣默默聆聽，閃亮眼眸彼此對望，步看著她悄悄離去，踽踽獨行，孑然一身。

步返回家裡，也不言語，吃過晚餐便抱頭大睡，她媽媽知道她受到古怪案件的刺激，也不去管她，知道她睡足了心情就會好轉。

第二天步如嫣到青少年中心找法蘭西斯，他在電腦前忙著。

「你在忙什麼？」

「記錄香港政府ＤＱ（disqualified）四位立法會議員的議席，他們在二〇一六年十月宣誓，立法會主席接納他們的宣誓有效，但是本地政府認為他們沒有依法宣誓，共產黨於二〇一六年十一月，全國人大常委會主動第五次釋法，解釋基本法第104條，針對四名立法會議員在就職時必須依法宣誓，擁護中華人民共和國香港特別行政區基本法，效忠中華人民共和國香港特別行政區的規定，香港法庭於二〇一七年七月裁定四位立法會議員宣誓無效，褫奪其立法會議員的議席。」

「是因為兩地解釋法律大不同？」

「香港保留了普通法，三權分立，中國大陸實行成文法，一黨專政。香港只從法律文本解釋，不會賦予文本字句新的意思，中國大陸參考其他因素，會在原本的法律加添新的意思。爭議的焦點是在原本的法律條文加了新的意思，本質就是訂立了新的法律，訂立新的法律是有一套規則要遵守，當然共產黨絕不搭理反對的聲音，也絕不協商，一意孤行。」

「有什麼影響呢？」

「人大釋法基於政治考慮，與法治是兩碼子的事情。其影響有四，一是宣誓在前，釋法在後，原則上釋法只適用於以後的宣誓，但是釋法卻授予法律具追溯權，違背了普通法的準繩，不符合現代法治的精神，因為基本法引入了《公民及政治權利國際公約》，該公約的條款在香港適用，其中第15條明言：『任何人的任何行為或不行為，在發生時依照該地方法律或國際法不構成刑事罪者，不得據以認為犯有刑事罪。』《香港人權法條例》也有相同條款，確保刑事法不能有追溯權。」

「那麼其他呢？」

「二是破壞了不介入三權分立的原則，立法會祕書及主席已經判斷和裁定宣誓有效，縱使法官有權介入立法會主席的決定，但是法官不必要不顧一切推翻立法會的決定；三是法治精神不單考慮法律條文，也琢磨實際情況和合理性，釋法訂定議員只能宣誓一次，及必須逐字跟從是絕不合理，斷絕了四名立法會議員再宣誓的機會；四是損害法治的公平、公正，建制派也有二、三名立法會議員的宣誓錯漏百出，不符合釋法的標準，就是必須逐字跟從的要求，為什麼香港政府不ＤＱ他們？共產黨的意圖如司馬昭之心，路人皆見，他們強行使用制度暴力，公民能做些什麼？他們逼迫香港實行三權配合，所謂三權配合也只是一個幌子，說穿了，是一權專政，實施專制管治。」

「這地方是一齣溫水煮蛙的悲劇，遲一點甚至會烈火烤蛙。」

「你也真夠閒，來幹嘛？」

「你不是想知道真相嗎？麗明為錢援交。」

「知道了，謝謝你。」法蘭西斯澄明地看著她。

步如嫣一時語塞愣住。

「我一個月後回加拿大。」

「你離開前我們好好喝一杯。」

對決

1.

步如嫣回到辦公室坐下不久，白揚跑過來對她耳語。

「聽說你介入了第二組那二單風化案，他們還說你已經掌握破案的線索。」

「警局總是充斥小道八卦消息，他們怎樣說？」

「好事不出門，壞事傳千里。他們說你跟一哥交換趙樂基案件線索時自信滿滿，在羈留室看過曾尚崙的屍體後呢喃說『果然是他，原來如此。』他們說女神探的名號絕非浪得虛名，只要看到聽到如此光景，就推論你已經破了案，不過沒有直白說吧。」

「我不是女神探，不要到處亂吹噓，陷我於不義，謠言止於智者。」

「我們可不是智者。那麼為何麗明要援交？還有趙樂基案件與高志康命案有什麼關聯？」

「什麼也不是，是一條苦肉計，借刀殺人。呀，我明白了，白揚，快點走，我們去偵訊證人。」

「步督察，不要跑得那麼快，我還要收拾辦公桌啊。」

白揚平穩地握著方向盤問：

「我們是否偵訊新的證人？」

「晚一點才問新證人，我們先去找麥好。」

「麥好，梅秋羽的媽媽。」

他們爬上多層樓梯到達天台的鐵皮屋，麥好剛好在家，她已經沒有以前的霸氣，客客氣氣問道：

「兩位，有什麼貴幹？」

「對不起，又要挑起你的傷心事。你曾經帶秋羽做了兩次跳舞真人秀，我想知道秋羽跳完舞之後有沒有什麼奇怪的表現？」

麥好想了一下說：

「秋羽第一次跳完舞後哭得很厲害，扭著要我擁抱她，回到家後躲在浴室沖澡，待了半個小時，出來頻頻說自己很髒，過了不久，又跑到浴室再洗了半小時，如是者來回做了幾次；第二次跳完舞之後，她變得非常冷漠，不跟我說話，也不讓我碰她，回到家裡就鎖自己在房間裡，再沒有出來，直到第二天上學。」

「那麼從她回到家到第二天上學期間，她有沒有沖澡？」

「沒有，只有上學前她才沖澡。」

「明白，你和秋羽離開時，有沒有看見玩具火車軌道？」

「沒有，那些玩具都堆在一起，放在桌子下面。」

兩人離開麥好家，步如嫣吩咐白揚駕車前往××醫院，他們來到醫院第一大樓的大堂服務處，走下通往另一座建築物的緩坡路，發覺左邊是一排窗戶，外面是庭園，右邊只有一間診療室，門外掛上婦科的名牌，他們走進去，對一名女工作人員秀出警方證件，女子聯絡了主管，過了一會，帶帶他們到一個辦公室。

「你好，敝姓步。」步如嫣對一位女士送上名片說。

「步督察，你好，我姓劉，有什麼可以效勞？」

「婦科的醫生許多都是女生。」

「華人婦女比較保守，喜歡看女醫生。」

「劉醫生，我想查詢一個病人叫吳懿珩的病歷。」

劉醫生在鍵盤點按幾下，接著雷射印表機印出幾張文件，劉醫生瀏覽了一下說：「吳懿珩，女性，三十一歲，一個多月前她排尿時感到燒灼疼痛，到家庭醫生求診，後來轉介過來，證明患了淋病，女性感染淋病不容易察覺，她來求醫時病情已經很嚴重，症狀蔓延至外陰和尿道，若不及時治療會入侵子宮，影響生育。」

「她何時染病？現在病情怎樣？」

「據病情估算，她在兩個多月前染病，現在病情已經受到控制。」

「淋病如何治療？」

「主要使用頭孢曲松、奇黴素、阿黴素等抗生素，淋病對很多藥物具抗藥性，醫生會按個別患者的病情決定藥物的處方、劑量和療程，一般藥房買不到適當治療淋病的成藥。」

「謝謝你，劉醫生。」

「步督察，請留步，還有一件事情。」

「什麼事？」

「吳懿珩每次都要求多一些抗生素，她說她很健忘，經常不知道將藥物丟到那裡去，她不厭其煩解釋她會將錠劑分成好幾袋，放在不同的地方，容易找尋。但是我認為她在說說謊。」

「為什麼？」

「我對犯罪心理很有研究，她要求多些抗生素時，眼神閃爍，刻意避開與我眼神接觸，雙手無處可放的樣子，據此作出她說謊的結論。」

2.

兩人在醫院餐廳找了座位，步叫白揚買飲料。

「步督察，不是說要偵訊新的證人嗎？為什麼還在這裡喝咖啡？」

「法蘭西斯會帶證人來。」

不一會，青少年中心的林姑娘牽著俊俊走進餐廳，看見步如嫣，揚手打招呼。

「為什麼不見法蘭西斯？」

「今早他和姊姊一起來，走進主管的辦公室，傾談了半小時，出來跟同事道別，多謝我們這幾年的照顧。他拜託我送俊俊到醫院交給你，他說你可以用電子信箱跟他聯繫，今天下午他返回加拿大了，他姊姊特地來接他一起離去，兩人長得可像啊，乍看還以為是兩姊妹，只是法蘭西長了鬍子。」

「還有什麼沒有？」

「他們手足之情很好，兩人牽著手離去。」

步謝過林姑娘，心中狐疑為什法蘭西斯的姊姊怎會突然在香港出現？還專程來青少年中心接走他？法蘭西斯可是一個健康的成年男子，是巧合？還是特意？我跟法蘭西斯經常牽手同行，但是姊弟嘛？

步如嫣牽著俊俊的小手走向兒童心智科的遊戲室。

「俊俊，這裡漂亮嗎？」步如嫣盤腿坐在軟膠地板，對著牆上的畫像說。

「好厲害啊，這個森林有許多恐龍，還有很酷的動漫人物啊。」

「這裡是魔法森林，你愛變成什麼，就能變成什麼。」

「我要變成暴龍。」

「看，整個森林都是食物，那邊有一隻很大的梁龍啊。」步指著沙發一隻穿了衣物，雙腿分開的大啤啤熊布偶。

俊俊聽罷立即裝著張牙舞爪，側頭瞪眼，齜牙咧嘴，跺腳前進，走到大啤啤熊面前，用口咬著它的頭，不停左右晃動幾下後，吐在地上，頓足回來。

「暴龍寶寶，你不愛吃梁龍嗎？你最愛吃什麼？」

「我不是暴龍寶寶，我是暴龍大大，我最愛吃鳳梨起司薄餅。」

「暴龍大大，你說過你吃鳳梨起司薄餅後就會睡覺。」

「我只是到高叔叔家裡吃薄餅才會打瞌睡，但是我好喜歡到他家裡，有許多玩具。」

「你最喜歡什麼玩具啊？」

「我最喜歡玩火車。」

俊俊繞著步如嫣踏步，發出吼嚎，裝鬼臉恫嚇步如嫣，作勢要咬她的樣子，白揚忙著輸入內容。

「最近你有沒有到高叔叔家裡玩火車？」

「最近一次媽媽叫我不用上下午課，一起到高叔叔家裡玩。」

「但是你還沒有吃午餐啊？」

「媽媽說去到高叔叔家裡才吃，後來高叔叔給我鳳梨起司薄餅、牛奶做午餐，我玩了一回聲控火車頭，覺得很睏便睡著了。」

「睡醒後，你做些什麼？」

「睡醒後法蘭西斯叔叔帶我們吃炸雞，回到家裡，我覺得屁股很痛。」

「媽媽有沒有帶你看醫生？」

「沒有，她將她吃的錠劑切開一半給我吃，說吃過錠劑就好了。步姊姊，我每天都在學校吃午餐也吃蔬菜，為什麼屁股有時還會痛？」

步如嫣摟抱俊俊，臉蛋貼著他的小臉，雙眼濡濕，喃喃說：「可憐的俊俊，要是法蘭西斯知道，不知會如何傷心？」

「步姊姊，你哭了，是不是法蘭西斯叔叔欺負你？」俊俊伸手替她抹去眼淚。

「不是啦，是沙塵入眼。」步如嫣手忙腳亂找手帕拭淚。
「爸爸欺負媽媽，媽媽就會哭。」
「你爸爸怎樣欺負你媽媽？」
「有一次媽媽很氣對爸爸說『我恨你，我恨你，我恨你們。』哭得跟你一樣。」
「是啊，一定是法蘭西斯叔叔辜負了步姊姊。」白揚插嘴說。
「步姊姊，什麼叫辜負？」
「臭小子，不要教壞小孩子。來，俊俊，我們去做身體檢查。」
步如嫣抱著俊俊到診療室。
「步姊姊，為什麼量體溫要脫褲子檢查屁股，人家害羞嘛，平常都是量耳朵。」
「你是暴龍大大，是天下無敵的恐龍大王，什麼也不怕啊。」
「是啊，我是什麼也不怕的暴龍大王。」跟著又嘶叫幾聲。
之後步要了俊俊的電子病歷表，最後一次看病是一個多月前，罹患了尿道發炎的小病。
步送俊俊回青少年中心，返回警局等候呂玉珊。
「步督察，找我來有什麼事情？」
「高太太，我們已經查清楚了，小英是趙樂基非法性交案件的受害者，並不關高志康的事。」
「關不關高志康有什麼問題？反正他已經死了。」
「明白。我們要釐清高志康死亡那個下午，他在三點二十五分傳即時通訊給你，直至你到達他的家，你說你逛街，那時你在那裡？」

「是的，當我接到他的即時通訊時，我正在跟律師商討小英要不要出庭應訊的問題，我在律師那裡待到五點三十分才搭計程車趕往高志康的家。」

「為什麼當時不跟我們講清楚？」

「難道要我到處跟人說我的智障女兒被人強姦了，正在商討要不要她出庭作證嗎？那樣要多難受就有多難受。」

「請提供律師的名字和聯絡電話。」

3.

「巫太太，你好啊，我是步如嫣督察，我們想占用你一些時間，麻煩你明天下午兩點半來高志康的家，我們想釐清一些小事情，不會耽擱你很久。」

「你們真的很煩人耶，我不是告訴你們所有事情了嗎？」

「巫太太，我保證這是最後一次，請你幫忙，你一個人來就好了。」

第二天下午吳懿珩準時到達高志康家裡，步如嫣悠然閒坐，白揚打開電腦準備記錄。

「有什麼事情？等會我約了客人商談保險單據的事情。」

「我們重頭開始，案發當日下午兩點有一個尼泊爾女子來叫嚷，謾罵高志康將性病傳染給她，高志康反咬她有淋病，傳染了他，兩人爭吵了一會無結果，女子憤然離去，碰上了麥好帶著她的女兒來。」

「為什麼告訴我這些跟我無關的事情？」

「想請你了解案情，從中想到你遺忘的線索。兩點十五分高志康接到你的電話說要到他家，根據你的證詞，高志康並不知道你要找他算帳，他非禮了俊俊，被你發現，所以你要帶著俊俊到他的家，當面對質，是否這樣？」

「是的，我說過這樣的說話。」

「高志康當天早上提領了十萬元，兩點五十分，高志康給麥好三萬元，讓她們離去。三點左右你跟俊俊來，你說你跟高志康爭執，可是俊俊吵鬧礙事，你餵他吃安眠藥讓他入睡，好讓你跟高志康理論，俊俊何時及怎樣吃下安眠藥？」

吳懿珩想了一會答：

「我跟高志康爭執了幾分鐘，我將安眠藥碾碎放在牛奶裡給俊俊喝。」

「你們爭吵，高志康自覺理虧，向你求饒原諒他，你說你要考慮，走到陽台外面抽菸，三點二十五分高志康傳了一個即時通訊給他的前妻呂玉珊，叫她當日六點三十分到他家，三點三十分他又回覆了他朋友的即時通訊，你不覺得奇怪嗎？高志康跟你爭執輸了，心裡沮喪悔咎，憂心忡忡，還有心情打電話給他的前妻？回覆他朋友的即時通訊嗎？」

「我又不是他，我怎知道他怎樣想？他的前妻是他的出氣筒，他心理變態，喜歡折磨別人，看見別人受窘受苦受壓迫，他就開心，他叫他的前妻來，可能要將他所受的晦氣發洩在他前妻身上。」

「你也十分了解他。」

「我……我只是揣測。」

「三點四十分你離開高志康的家，四點十二分抵達青少年中心。」

「我有搭乘計程汽車的收據，還有法蘭西斯做證人。」

「四點四十八分高志康的手機收到一通不知名的電話，五點整高志康的幫傭羅美蓮來工作，發覺高志康被一個大枕頭蓋著腦袋熟睡，於是在他的房間搜括，拿走了五萬元、手機及手錶，匆匆離去，六點五分高志康的前妻呂玉珊來了，發覺高志康沒有呼吸死了，慌忙跑到外面求助，恰巧碰上我們。」

「你講了一大堆廢話，跟我半點關係也沒有。」

「法醫證實死者的死亡時間是下午四點到六點。」

「那更加與我無關，我下午四點正在前往青少年中心途中，我有完美的不在場證據，此案只有兩個嫌疑犯，羅美蓮和呂玉珊。」

「那麼讓我告訴你兇手如何殺死高志康，他利用詭計和裝置，製造完美的不在場證據。麥好和她女兒離開時，那些玩具包括火車軌道都是堆在一起，羅美蓮來時，她的證詞是『火車軌道由餐廳沿著牆角，經過走廊，彎進了一個臥房的中央，一塊小的塑膠骨頭擱在火車軌上。』這樣證明有人在麥好離去後到羅美蓮到來前，將玩具火車軌砌成由客廳連接到高志康的臥房中央，但那並不是俊俊砌成的，你的證詞中沒有提到俊俊拿出火車軌玩樂，但是我有證人聽到哨子響一下，停了一會，哨子又響兩下，來回幾次，我們檢視那些玩具，發現了紳士服的塑膠玩偶，那是聲控火車頭的開關，俊俊也說他玩了一陣子聲控火車頭，覺得很睏睡著了。」

「羅美蓮可能給假證詞，其實是她將火車軌道由客廳連接到高志康的房間裡。」

「是，有這種可能，但是如果她決意要殺死高志康很方便啊，當時她看見高志康蓋著大枕頭睡覺，只要悶死他就成，根本不用砌成火車軌道的裝置。」

「關我什麼事？調查是警方的事情。」

「高志康的鼻翼兩旁、嘴唇上下周圍都有幾處明顯的屍斑，初時我們以為高志康罹患了大傷風，他擤鼻時用手捏著他的鼻翼和嘴巴造成的，但是我做過實驗，我們擤鼻時會捏著一大片鼻翼和嘴角旁邊，並不會捏著嘴巴上下同圍的地方，那是凶手用一種東西夾著他的鼻子和嘴巴，令他的呼吸徐緩減少，在體內慢慢累積二氧化碳，當二氧化碳累積了充足分量，身體就會因缺氧窒息而死，這一個過程需要相當長時間才能達到，所以高志康並不是即時死亡，而是延遲到下午四點至六點。」

「你們找不找得到是什麼東西造成那些屍斑？」

「是大型的晒衣夾。」

「嘿嘿，真好笑，你們說發現高志康的屍體時，只有一個大枕頭蓋著他的腦袋，是羅美蓮或呂玉珊利用大枕頭悶死了他。」

「非也，我們在客廳的火車軌道發現一些裝置，一輛上發條的玩具拖拉車翻倒在聲控小火車身上，玩具拖拉車後面拖了一條繩子，繩子串著幾個晾衣大衣夾，繩子的末端綁了一塊塑膠骨頭，我們在晾衣大衣夾上發現了高志康的ＤＮＡ。」

「那不能證明什麼？那些大衣夾本來就是他家的物品，附有他的ＤＮＡ有什麼奇怪？而且那輛玩具拖拉車和大衣夾放在客廳，並不是夾著高志康的鼻子和嘴巴。」

「這就是兇手設計的裝置，高志康的手機不見了，羅美蓮檢走它變賣，她的證詞說高志康的手機鬧鐘設定是震動模式，沒有聲響，兇手利用手機、上發條的玩具拖拉車、晾衣大衣夾和火車軌道佈置了詭計，他在繩子的末端綁了那一塊塑膠骨頭是防止大衣夾移動時丟掉，以免大衣夾散落在地上，在高志康的飲料放了安眠藥令他昏睡，我們在他胃裡檢測了安眠藥，他的鼻子和嘴巴被大衣夾夾著，上面擺了大枕頭，玩具拖拉車緊貼放在火車軌道的左邊，它上滿發條，兇手用高志康的手機抵著發條及火車軌道右邊的內側，手機下面放了另一塊塑膠小骨頭，令手機抵得穩妥，一切裝置搞定後，兇手離去，大衣夾令高志康慢慢缺氧，最終窒息而死，拖延高志康的死亡時間，為兇手製造了完美的不在場證據。」

「你還沒有解釋那輛玩具拖拉機和大衣夾不在高志康的臥房裡。」

「兇手離去，等待高志康徐緩死去，他只需要啟動玩具拖拉車，整個詭計就完成。當日四點四十八分，兇手打了一通電話給高志康，因為他知道高志康的幫傭羅美蓮會在五點整來，他先前將手機接收模式設定為震動模式，只要手機接收打入的訊息，它就會不停震動，手機震動就會將玩具拖拉車的發條鬆開，啟動了玩具拖拉車，它拉扯掉夾在高志康鼻子和嘴巴的大衣夾，那條由臥房到客廳的火車軌道的作用是一條導引，帶領玩具拖拉車沿著火車軌道駛往客廳的方向，那一通無名電話就是你撥打得——吳懿珩。」

「我？你不要含血噴人？」

「我們查看高志康當日手機的通訊記錄，在四點四十八分收到的電話是由公共電話亭打出，那一個公共電話亭座落在青少年中心附近，當日大約在四點四十分你告訴法蘭西斯出外抽菸，五點正回來，還刻意提醒法蘭西斯，你就是利用這二十分鐘跑到公共電話亭打了那一通電話給高志康，啟動了玩具拖拉車，玩具拖拉車開動，拖拉大衣夾到客廳，為你製造完美的不在場證據。」

「是羅美蓮或呂玉珊用枕頭悶死高志康。」

「羅美蓮沒有動機要殺死高志康，她要的是錢，他死了對她沒好處。呂玉珊根本沒有足夠時間殺死高志康，她收到高志康的即時通訊時，她正在和律師商討她女兒要不要出庭作證，她五點三十分離開律師的辦公室，這一點我們已經跟她的律師證實，她搭乘計程汽車到高志康的家最快也要三十分鐘，還要上樓、開門、關門和發現屍體也花去五分鐘，跑去求救遇上我們，況且要是她當時殺死高志康，法醫必定檢驗出高志康剛剛死去，並不是在四點到六點死去，她沒有殺死高志康。你很清楚他們的嫌隙，你使用了高志康的手機在三點二十五分發即時通訊給呂玉珊，故佈疑陣將她嫁禍當替死鬼，還有，高志康提領了十萬元，給了麥好三萬元，羅美蓮偷了五萬，其餘兩萬給了你，為的是俊俊。」

「他非禮俊俊，那是遮口費，我才上他家理論。」

「高志康並沒有非禮俊俊。你說俊俊對著玩具布偶做猥褻行為，發現高志康非禮俊俊，我們到他的幼兒園查證，他老師證實他所謂被高志康非禮後，沒有異常猥褻行為，我對他做過實驗，把一隻穿了衣物，雙腿分開的大啤啤熊布偶放在沙發，他沒有對大啤啤熊做出舐下體的動作，只是裝做暴龍咬住大啤啤熊的頭，搖晃幾下吐在地上，證實他沒有被非禮。」

「俊俊確實被高志康非禮，你相不相信也罷，況且我也沒有動機要殺死高志康？」

「俊俊的遭遇比被非禮更悲慘，都是你卑鄙無恥造成。你設計了另一條詭計，主動報案俊俊被高志康非禮是其中的計畫，當警方發現高志康已經死亡，案件未開始便結束，警方也不會對俊俊查證，報案在前，殺人在後，要不是那一角吃剩的鳳梨起司薄餅引起疑竇，根本沒有人發覺命案當天你帶俊俊到高志康的家，你輕易將自己營造成一個受害者，立於超然之地，隔岸觀火，使用苦肉計利用警方做你的證人，濛混警方調查的方向。」

「你根本沒有證據。」

「當我初次遇到俊俊時，法蘭西斯說他發熱，是低溫熱，後來不知怎樣好了，低溫熱其中一個成因是器官正在發炎。我查看俊俊的電子病歷表，列明他一個多月前罹患了尿道炎，接著再也沒有看醫生，但是俊俊說你將你吃的錠劑剖開一半給他吃，那很奇怪，於是我們展開調查，得知你曾經看婦科病，知道你兩個多月前染了性病，是淋病，但是你一個多月前才主動看醫生，時間跟俊俊患尿道炎十分巧合，你還要求多一點醫治淋病的藥物，我起了懷疑，於是帶俊俊做了一次身體檢查，他的屁股曾經被人強行進入，紅瘀了一大片，新舊挫傷的傷痕交替，是多次侵入的結果，我們還發覺俊俊也染上了淋病。」

「那又能證明些什麼？」

「我告訴過你有一個尼泊爾女子曾經來，跟高志康大吵大鬧，指責他將淋病傳染給她，經驗測後，你們三人染病的同共源頭就是高志康。兩個多月前你跟高志康通姦，率先染病，但是你沒有立即發覺染上了淋病，之後你用安眠藥將俊俊迷昏，提供給高志康淫辱，俊俊的供辭說他每次到高志康的家，吃過鳳梨起司薄餅都打瞌睡，很快睡覺，是你做了手腳給他吃安眠藥，俊俊染上淋病，他是男生，病徵十分明顯，當你發現了，驚覺自己也染上淋病，急忙去看病，還要求多點錠劑，其中一些要來醫治俊俊的性病，你不敢帶俊俊去看醫生，害怕被揭發你毫無人性，將親生兒子供給高志康任意蹂躪的惡行，當日你帶俊俊給高志康姦淫也是謀殺計畫的一部分。」

「你不要誣蔑我。」

「麥好帶她女兒秋羽跳脫衣舞真人秀，高志康沒有侵犯她，麥好的證詞是她的女兒回家後沒有再不停淋浴，證明她沒有受到性侵，可是高志康的性器官卻滿佈精液，上面有人體破碎的ＤＮＡ，他不是手淫，也證明他性交的對象另有其人，但不是你，是俊俊，你在高志康的飲料放了安眠藥，他姦淫了俊俊，來不及清理就睡著了，你利用他的手機，傳即時通訊給呂玉珊叫她來，嫁禍她做替死鬼，又假裝他回覆即時通訊給他的朋友，接著你擺設了裝置謀殺他，我們有足夠的證據證明你殺死高志康。」

「我為什麼要傷害俊俊？我為什麼要謀殺高志康？要是我故意任由高志康姦淫俊俊，我也是共犯，會遭受同樣的刑罰。」

「你為什麼要將俊俊任由高志康姦淫摧殘？你非常痛恨你前夫，你恨他拋棄你，跟你離婚，你不斷打無聲電話騷擾他，俊俊的證詞說你對你前夫生氣說『我恨你，我恨你，我恨你們。』你也憎恨他們的家人，認定他們聯手對付你，拆散你的婚姻，你知道他們很愛惜俊俊，決意向他們報復，你將他們最疼愛的俊俊任由高志康淫辱，滿足你變態的報復欲望，你不念親情，也不理會影響俊俊的將來，只要能對你前夫及他的家人報復，你就不擇手段，不惜犧牲殘害俊俊，虎毒不食子，你是個人渣，是隻無人性的禽獸。」

「那又怎樣？是他們全家加害我如此窮途潦倒，落魄無依，顛沛流離，我如此愛他，他卻將我棄如敝履，毫不留戀，我就是要報仇。」

「高志康就是看準這一點，你也知道高志康是一個變態男，他喜歡看著別人痛苦，受窘、受困、受壓迫，他就是要精神虐待你，他利用姦淫俊俊威脅你是共犯，你把心一橫，設計殺人滅口。」

「那個全家死絕的賤種，他第一次搞了俊俊，我的心又癢又樂。完事後，他笑著對我說『是你教唆我雞姦俊俊，你是共犯，他可是你的親生兒子，罪加一等，你知道嘛，雞姦未成年幼兒的最高刑罰是終身監禁，我可無所謂，但是你年輕貌美，一輩子坐牢，想著也毛骨悚然。我倆蛇鼠一窩，是一對同命鴛鴦。』我聽了冷汗直流，之後他一直操控我，一次又一次隨意叫我帶俊俊給他褻玩，逼迫我通姦，他說好喜歡看我慌忙失措、不情不願、內心受挫的狼狽的模樣，他時常出言恐嚇要將事情告訴我前夫，臉上猶帶著貓咪戲弄老鼠的笑意，我不想坐牢，也不想失去俊俊這個報復工具，更不想一輩子被那個混蛋控制，是他推我到牆角，走投無路，是他逼迫我出手，他死好過我死，我沒錯，我沒錯，全都是那個負心人、他的家人和高志康那個壞蛋的錯。」

巫吳懿珩突然跑到通往陽台的玻璃趟門，想要打開它，發覺趟門被鎖上。

「我早就料到你會尋死，你這個邪惡、喪心病狂的人渣，那麼在乎你的前夫，義無反顧用恨的方式牢牢記住他，還要禍及俊俊，你的人生就只有仇恨？」

「沒有愛，哪來恨？」吳懿珩五官扭曲對著步如嫣咆哮。

「變態。」步嗆回去。

倏忽巫吳懿珩將頭顱猛力地撞擊玻璃門，霎時血流如注，步沒料到她有此一著，一個箭步將她拉倒在地上，白揚連忙用手機拍攝，兩人拉扯糾纏，步把她的雙手反扣在背後，銬上手銬，巫吳懿珩血流滿面，披頭散髮，面目猙獰，衣履狼藉，雙腿亂踢，在地上滾動，像一隻受傷捕獲的動物，不斷發出野獸本能的嚎叫。

鏡花水月

步如嫣向盧警司交代案件，盧警司嘉獎一番，案件完結後，步請了假期。

步傳了即時通訊給法蘭西斯：

「趙樂基和高志康的案件已破案，結果令人沮喪，我請了假，會到加拿大旅遊，能否探望你？」

「歡迎之至，請告訴我你的行程，到時我叫我姊姊美達蓮接你到我家敘舊，算起來我們分開差不多兩個多月了，保重身體，到時再談，再見。」

「你也保重，到時見。」

步如嫣出發去加拿大，第一站先到溫哥華探訪法蘭西斯，法蘭西斯在即時通訊說他的大姊美達蓮會接機。步不喜歡搭乘長途飛機，十幾個小時困在小小的空間裡，動彈不得，雖然能睡一覺，但是坐著睡實在太辛苦了，總是半夢半醒，下機時腰瘦背痛，加上時差，狀態甚差，步揹著背包走出接機大廳，見到一個貌似法蘭西斯的褐髮女子舉著步的名字紙牌，步抖擻精神上前確認是法蘭西斯的大姊美達蓮，兩人寒暄過後，美達蓮搶著幫步揹過背包到停車場，打了一通手機給法蘭西斯。

美達蓮是一個開朗、健談的女子，在車上美達蓮打開了話匣子。

「從機場到我們的家大約要四十五鐘車程，我們家人感情很好，家人都住在附近，方便往來。」

「你們聚會時一定很熱鬧又快樂。」

「是啊。法蘭西斯在香港學習時受到你關照，多謝你。」

「不，我在法蘭西斯身上也學了許多東西，法蘭西斯富邏輯思維，分析力強。」

「法蘭西斯從小愛尋根究底，理性思考，反覆推敲才下結論，不像我和蘇珊，啊，蘇珊是我的二妹，法蘭西斯的姊姊，我們兩個都喜歡憑直覺看東西，對一件事情很容易下結論。」

「女生都是這樣。法蘭西斯小時候是怎麼樣？」

「他小時候已經自覺很有男子氣概，愛玩男孩子的玩具，整天穿著破爛褲子追在其他男孩後面，年紀大了也跟他們混在一起，爸媽責備也不理會，他立志做警察幫助別人，要做一個真正的男子漢，可是體格關係放棄理想，選擇做社工，這次要他退下來真的難為他了。」

「大姊結了婚沒有？有幾個孩子？」步想問為什麼要退下來，又覺得失禮，最後胡亂發問。

「我和蘇珊都已經結了婚，我是小學教師，先生是土木工程師，一年到頭總有幾個月在外面跑，我常常感到寂寞想要個孩子，但是我們沒有孩子，蘇珊現正懷著第一個孩子，因為胎盤不穩，辭掉了工作在家裡安胎。」

「你喜不喜歡孩子？」

「我喜歡極了，我想要許多孩子，但是又不想領養。」

步默默地思考這句矛盾的說話，美達蓮發覺了幽幽地說：「我想法蘭西斯沒告訴你，我是天生沒有子宮的，卵巢生長也不正常，想要做人工授精也不可能，這項手術成功的機率很低，最困難是找到合適捐卵者和代孕。」

「對不起，我無心窺探你的私隱。」

「不要緊，我看得很開，我還有我的家人嘛，有他們貼心全力的支持，我覺得很幸福，尤其是蘇珊和法蘭西斯，他們的犧牲實在太大了，我每天都在祈禱我的家人幸福快樂過日子，永遠平平安安，希望奇蹟出現。」

「犧牲？」

「我們到了。」

美達蓮將車子轉了一個彎，停在一個花團錦簇，美不勝收的花園前。

「嗨，我們回來了。」美蓮達按著喇叭叫喊道。

「我要回家給爸媽做午餐，失陪了。等你要回到機場，再打電話給我，再見，等會見，祝安。」

美達蓮讓步下車，取過行李，向步做了一個「請」的手勢，把車開走了，屋子的棕色橡木大門打開，站著一個理著短金髮的女子，步如嫣快步穿過花園走上三級樓梯到走廊，看見女子腹部微隆懷有身孕，伸出手打招呼說：

「你好，你一定是蘇珊了，我是步如嫣，法蘭西斯的朋友。」

蘇珊淺笑，伸手握著步，輕聲用英文說：

「你好，請進來。」

蘇珊很自然牽著步的手，優雅地穿過玄關走進屋裡，步對此接觸感覺很熟悉，房子的前半部分是客廳，後半部分是餐廳，有一排矮櫃分隔，屋後是一個小花園，客廳左邊是一套三件式的沙發，一張長的四人座、兩張單人座，單人座的貴妃椅很大，整個人可以窩進去，沙發前有一張茶几，上面放了一瓶燦爛的梔子花，還有一壺中國茶、幾碟西式點心，一個打開的電腦，蘇珊選了對著玄關的一人座椅子坐下說：

「閒著沒事幹嘛。請用點心，不要客氣，這是你喜愛的茉莉香片。」

步在飛機吃過早餐已有一段時間，肚子有點餓，拿起點心吃著稱讚。

「真的很好吃，不太甜又鬆軟。」

「謝謝。這是我第一次的功課，你是我的白老鼠。」

步看著運作的電腦說：

「法蘭西斯一定又在記錄那地方的歷史。」

「他在記錄政府官員公佈重新在中學教授中國歷史課程的簡介會，記者問一九六七年共產黨挑撥煽動暴亂的史實，會不會列入香港史課程，課程修訂委員會主席反問記者說：『一九六七年你在哪裡？』，教育局副祕書長更說：『不會將雞毛蒜皮的事情放進去，一定是大的歷史事件才放進去。』」

「他們為虎作倀做傀儡，盲目地為專制政權執行任務，戮力抹去歷史，他們是共犯，作的是平庸的惡。」

「前些時一名澳洲藉的山西省政協委員，訪問鄰近地方後警告異見人士說：『共產黨要槍有槍，要炮有炮。』另一個建制派立法會議員接力在一個公開集會上，恐嚇異見人士說：『殺無赦。』有律師評論其言行已觸犯了《公安條例》，女特首置若罔聞，無視法紀，律政司回應不可憑一個字眼下結論，但是之前他對學生衝擊中環政府總部，強調學生喊口號要奪回公民廣場，那一個『奪』字已有暴力意味，判學生領袖坐牢；二〇一七年十一月六日一個前政府官員在一個《國家與地方政府》研究會說：『有一種行為古今中外都是犯法的，就是殺人，而且會處以極刑。但有一個例外，就是以國家名義殺人，是不犯法，那是愛國。』」

「愛國不是愛一個政權，不是愛一個政黨。」

「愛國是無賴最後的藉口。」

「他們的老祖宗言明：『政權由槍桿子取得。』」步不假思索衝口而出。

「黨要永遠指揮槍。」蘇珊輕輕嘆息。

兩人驟然沉默，空氣凍凝，彷若聽到磨刀霍霍的刺耳聲，不寒而慄。

過了一會，蘇珊一臉認真問：

「你能告訴我麗明援交的真相嗎？」

「咦，法蘭西斯連這事情也告訴了你？」

「他從別的管道知道麗明的金主是曾尚崙，基×中學的副校長，當日沒有盡力拯救秋羽的壞傢伙，我十分信任麗明，綜合各種證據，麗明並不是為錢援交，她是為秋羽報仇，但是只為了曾尚崙沒有盡力搶救秋羽而陷害他，這個理由實在太薄弱了。步，真正的原因是什麼？」

步如嫣看著她誠懇的態度很像法蘭西斯，他們姊弟三人十分相似，步低著頭說：

「青春期孩子的心智很幼稚，他們被前額葉支配，時常做出沒有深思熟慮的魯莽行為，麗明為了曾尚崙沒有搶救秋羽而陷害他，對青年人是理由十足的動機。」

「你的口吻跟麗明如出一轍，策劃陷害詭計是一件高智商的行為。」

「嗄。」

「你破了這些案件，沒有興奮，反而十分沮喪，為的是跟六個孩子的遭遇有關？」

「你好像洞悉一切，特地求證。」

「法蘭西斯如此孤陋寡聞，沒有深究小英原來是趙樂基案件的受害者。」

「呂玉珊有心瞞騙他嘛。你們姊弟的感情真的十分要好，無所不談。」

「那麼俊俊呢？我在網路新聞看到那件猥褻案，俊俊被媽媽出賣，我十分心痛。」

「我也喟嘆，我從未見過如此狼心狗肺、心腸歹毒的女人，她不配做人母親，根本不配做人。」

「大雄、麗明、秋羽、阿文、小英和俊俊是好孩子，世間的好孩子都是寶貝。」

「可是也受到親子不同程度的傷害，家——有時是一個陷阱，會傷人，會殺人。」

「所有孩子都悲傷，只有一些孩子能克服。」

「既是如此，你仍然想要孩子？」步如嫣看著蘇珊微隆的肚皮。

「孩子是希望，也是大人的救贖。」蘇珊對她溫柔微笑。

「怎麼不見法蘭西斯？」

「他暫時不在。」

「他什麼時候回來？」

「他要晚一陣子才回來。」

「那要多久？」

「要等他辨完事情為止，我也不知要多久？」

「他的身體好嗎？」

「又白又胖，身體健康。」

「真不巧，我下午要搭乘飛機到多倫多，我要走了，見不到法蘭西斯真的十分失望，我會跟他網路聯繫，多謝你的款待。」步看一下手錶，站起來告辭。

蘇珊送步出門口，步發覺她的身高剛好到蘇珊的臉頰，蘇珊親了步的右頰，再親左頰，步瞥見她左下唇角的小痣，她轉身走，非常緩慢踏下兩級樓梯往花園走。

她左下唇角有一顆美人痣，她知道那地方的歷史，她說我的口吻跟麗明如出一轍，她對俊俊的遭遇十分心痛。

一步……，二步……，三步……，步如嫣倏然轉身指著蘇珊說：

「你是……你是……」

步再踏前幾步，驚訝的說：

「你是法蘭西斯。」

女子站在紅豔豔的九重葛旁邊，模樣嬌媚，凝視步如嫣，含笑不語。

後記

二〇一八年二月十二日習近平到四川視察時，一名老伯稱讚他是「中國人民的福星」。他回答：「謝謝，我是人民的勤務員，是為人民服務的。我們要守住共產黨的家業，共產黨的家業就是讓老百姓過上幸福美好的生活。」

二〇一八年三月十一日中華人民共和國共產黨高票通過修憲，將「國家主席連續任期不得超過兩屆」的條文正式從中華人民共和國的憲法刪除，在位者能夠無限期連任，定於一尊。

二〇一八年出版商桂民海放棄瑞典國籍，恢復中華人民共和國國籍，二〇二〇年被控勾結外部勢力，判監十年。

警司朱經緯襲擊路人事件，經過三年折騰，落案控告朱某，法庭判定罪成，朱某判囚三個月。

——**全文完**——

國家圖書館出版品預行編目

當正義繞路走了 / 顧日凡著. -- 臺北市：獵海人,
2020.09
面； 公分
ISBN 978-986-98841-9-8(平裝)

857.7 109013298

當正義繞路走了

作　　者／顧日凡
出版策劃／獵海人
製作銷售／秀威資訊科技股份有限公司
114 台北市內湖區瑞光路76巷69號2樓
電話：+886-2-2796-3638
傳真：+886-2-2796-1377
網路訂購／秀威書店：https://store.showwe.tw
博客來網路書店：http://www.books.com.tw
三民網路書店：http://www.m.sanmin.com.tw
金石堂網路書店：http://www.kingstone.com.tw
讀冊生活：http://www.taaze.tw

出版日期／2020年9月
定　　價／350元